O ESPELHO DO HOMEM MORTO

Agatha Christie®

O ESPELHO DO HOMEM MORTO

Tradução de Rogério Bettoni

www.lpm.com.br

L&PM POCKET

COLEÇÃO 96 PÁGINAS

Coleção **L&PM** POCKET, vol. 1374

Texto de acordo com a nova ortografia.

Este conto foi extraído do livro *Todos os contos de Hercule Poirot*
Título original do conto: *Dead Man's Mirror*
Esta edição na Coleção **L&PM** POCKET: janeiro de 2025

Tradução: Rogério Bettoni
Capa: L&PM Editores
Preparação: Patrícia Rocha
Revisão: Lívia Schleder de Borba

CIP-Brasil. Catalogação na Publicação
Sindicato Nacional dos Editores de Livros, RJ.

C479e
Christie, Agatha, 1890-1976
O espelho do homem morto / Agatha Christie ; tradução Rogério Bettoni. – 1. ed. – Porto Alegre [RS]: L&PM, 2025.
96 p. ; 18 cm.

Tradução de: *Dead Man's Mirror*
ISBN 978-65-5666-548-1

1. Ficção inglesa. I. Bettoni, Rogério. II. Título.

25-95716 CDD: 823
CDU: 82-3(410.1)

Gabriela Faray Ferreira Lopes - Bibliotecária - CRB-7/6643

Rua Comendador Coruja, 314, loja 9 – Floresta – 90.220-180
Porto Alegre – RS – Brasil / Fone: 51.3225.5777

Pedidos & Depto. Comercial: vendas@lpm.com.br
Fale conosco: info@lpm.com.br
www.lpm.com.br

Impresso no Brasil – Verão de 2025

O ESPELHO DO HOMEM MORTO

"Dead Man's Mirror" é a versão ampliada do conto "The Second Gong", que foi publicado pela primeira vez nos Estados Unidos no *Ladies' Home Journal* em junho de 1932, e então em *The Strand* em julho de 1932.

CAPÍTULO 1

I

O apartamento era moderno, bem como os móveis que o adornavam: poltronas quadradas, cadeiras de encosto reto, uma escrivaninha moderna alinhada em frente à janela. Um homem baixo e de idade avançada estava sentado à mesa, e praticamente a única coisa que não era quadrada no cômodo era a cabeça dele, oval.

Monsieur Hercule Poirot estava lendo uma carta:

Estação Whimperly.
Telegrama: Hamborough St. John

Hamborough Close,
Hamborough St. Mary
Westshire

24 de setembro de 1936.

Monsieur Hercule Poirot.

Prezado senhor, escrevo para lhe comunicar um acontecimento que requer grande delicadeza e discrição. Ouvi bons relatos a seu respeito e decidi lhe confiar este caso. Tenho motivos para crer ter sido vítima de uma fraude, mas, por razões familiares, não gostaria de chamar a polícia. Estou usando meus próprios artifícios para lidar com a questão, mas, por favor, venha assim que receber o telegrama. Ficarei muito agradecido se o senhor não responder a esta carta.

Atenciosamente,
Gervase Chevenix-Gore.

As sobrancelhas de monsieur Poirot ergueram-se devagar em sua testa até quase desaparecerem no ar.

– Mas quem é, afinal, esse Gervase Chevenix-Gore? – perguntou ele em voz alta. Levantou-se, foi até a estante e puxou um livro grande e grosso. Facilmente encontrou o que precisava.

Chevenix-Gore, sir Gervase Francis Xavier, 10º baronete, título de nobreza criado em 1694; ex-capitão do 17º Regimento de Lanceiros; nasceu em 18 de maio de 1878; filho mais velho de sir Guy Chevenix-Gore, 9º baronete, e lady Claudia Bretherton, 2ª filha do 8º conde de Wallingford. Foi sucessor do pai em 1911; casou-se em 1912 com Vanda Elizabeth, filha mais velha do coronel Frederick Arbuthnot (cf.); estudou em Eton. Lutou na Primeira Guerra Mundial (1914-1918). Hobbies: viajar, caçar. Endereço: Hamborough St. Mary, Westshire, e Lowndes Square, 218, S.W. 1. Clubes: Cavalry. Travellers.

Poirot balançou a cabeça, um pouco insatisfeito. Durante alguns momentos, permaneceu perdido em seus próprios pensamentos, depois foi até a mesa, abriu uma gaveta e retirou uma pequena pilha de cartões de visita.

O rosto dele se iluminou.

– *A la bonne heure!* Exatamente o que eu queria! Com certeza ele estará lá.

II

Monsieur Poirot foi cumprimentado por uma duquesa com sotaque exagerado.

– Então o senhor conseguiu vir, monsieur Poirot! Bem, isso é formidável.

– O prazer é todo meu, madame – murmurou Poirot, reverenciando-a.

Ele despistou diversas criaturas esplêndidas e importantes – um diplomata famoso, uma atriz igualmente famosa e um fidalgo bastante conhecido – e finalmente chegou até quem procurava, o convidado que não perdia nenhum evento, sr. Satterthwaite.

O sr. Satterthwaite deu um risinho cordial.

– Gosto bastante das festas da duquesa... Ela tem *personalidade*, entende? Encontrei muitas vezes com ela em Córsega há alguns anos...

A conversa do sr. Satterthwaite sempre tendia a ser repleta de referências a seus conhecidos da nobreza. É possível que já tenha encontrado prazer na companhia de sujeitos comuns como Jones, Brown ou Robinson, mas nunca mencionou o fato. Mesmo assim, descrever o sr. Satterthwaite simplesmente como um mero esnobe seria cometer uma injustiça. Ele era um sábio observador da natureza humana, e se é verdade que o espectador sempre sabe mais a respeito do jogo, o sr. Satterthwaite sabia muita coisa.

– Então, meu caro, há quanto tempo não nos vemos! Fico muito lisonjeado por tê-lo visto trabalhando tão de perto em Crow's Nest. Desde então sinto que também sei algo do seu ofício, por assim dizer. Por sinal, encontrei lady Mary na semana passada. Uma criatura encantadora, tão refinada e gentil!

Depois de escutar rapidamente o caso de alguns escândalos recentes, como as indiscrições da filha de um conde e a conduta lamentável de um visconde, Poirot conseguiu citar o nome de Gervase Chevenix-Gore.

O sr. Satterthwaite reagiu de imediato.

– Ah, sim, eis aí um verdadeiro *personagem*! O último dos baronetes é o apelido dele.

– *Pardon*, acho que não entendi.

O sr. Satterthwaite mostrou-se complacente à falta de compreensão de um estrangeiro.

– É uma *piada*, entende? Naturalmente ele não é o *último* baronete da Inglaterra, mas representa o fim de uma era, a dos baronetes destemidos e malvados, os levianos tão populares nos romances do século passado, o tipo de sujeito que ganha apostas impossíveis.

Ele prosseguiu, explicando em mais detalhes o que queria dizer. Quando jovem, Gervase Chevenix-Gore viajou o mundo inteiro a bordo de um veleiro. Participou de uma expedição ao polo Norte, desafiou um nobre fidalgo a um duelo, subiu a escadaria de uma casa ducal montado numa égua por conta de uma aposta... Uma vez saltou do camarote até o palco no meio de um espetáculo e carregou consigo uma atriz bem conhecida.

Os relatos sobre ele eram infindáveis.

– A família dele é bem antiga – prosseguiu o sr. Satterthwaite. – Sir Guy de Chevenix participou da primeira Cruzada. Hoje, infelizmente, parece que a linhagem chegará ao fim. O velho Gervase é o último Chevenix-Gore.

– Acabaram-se os bens?

– Não, longe disso. Gervase é muito rico, é dono de propriedades valiosas, minas de carvão e, além disso, quando era jovem, adquiriu uma mina no Peru ou em algum lugar na América do Sul, o que lhe rendeu uma fortuna. Um homem brilhante, sempre teve muita sorte em seus empreendimentos.

– Hoje já está em idade avançada, é claro?

– Sim, pobre Gervase. – O sr. Satterthwaite suspirou e balançou a cabeça. – Alguns diriam que ele é completamente maluco, o que é verdade, até certo ponto. Ele *é* maluco, não no sentido de ser doente ou ter delírios, mas maluco no sentido de ser anormal. Ele sempre foi um homem de caráter bastante original.

– E a originalidade se transforma em excentricidade com o passar dos anos... – sugeriu Poirot.

– É bem verdade. Foi exatamente isso que aconteceu ao pobre e velho Gervase.

– Não teria ele uma ideia exagerada sobre sua própria importância?

– Com toda certeza. Imagino que, na mente de Gervase, o mundo seja dividido em duas partes: a família Chevenix-Gore de um lado e o povo do outro!

– Um sentimento de família exagerado!

– Sim. A família Chevenix-Gore é arrogante feito o diabo, tem suas leis próprias. Gervase, sendo o último, incorporou isso de uma maneira ainda pior. Ele é, como eu diria... pelo jeito de falar, imaginamos que ele seja o todo-poderoso em pessoa, entende?

Poirot assentiu com a cabeça lentamente, pensativo.

– Sim, imagino que sim. Eu recebi uma carta dele, uma carta nada comum. Não era um pedido, mas uma ordem!

– Como uma ordem real – disse o sr. Satterthwaite, contendo o riso.

– Exatamente. Não lhe ocorreu que eu, Hercule Poirot, sou um homem importante e que tenho infinitos assuntos a tratar? Que seria extremamente improvável que eu pudesse deixar tudo de lado e ir atrás dele, rastejando como um cãozinho obediente, como um joão-ninguém agradecido por receber uma ordem?

O sr. Satterthwaite mordeu o lábio se esforçando para conter um sorriso. Talvez lhe tivesse ocorrido que, em relação a egoísmo, não havia muita diferença entre Hercule Poirot e Gervase Chevenix-Gore. Murmurou ele:

– É claro, talvez o motivo da exigência fosse urgente...

– Não era! – Poirot fez um gesto enfático com as mãos suspensas no ar. – Ele me disse que ficasse à disposição, só isso, *caso* precisasse de mim. *Enfin, je vous demande!*

Novamente Poirot levantou as mãos de forma eloquente, expressando melhor que em palavras o seu senso de total indignação.

– Então suponho que tenha recusado? – disse o sr. Satterthwaite.

– Ainda não tive a oportunidade – disse Poirot.

– Mas irá recusar?

Uma nova expressão surgiu no rosto do pequeno belga, que franziu a testa demonstrando perplexidade. E disse:

– Como posso explicar? Recusar foi a primeira coisa que me passou pela cabeça. Mas não sei... De vez em quando, tenho um pressentimento de que... francamente, sinto algo estranho no ar...

O sr. Satterthwaite recebeu impassível a última declaração.

– Entendi – disse ele. – Interessante!

– Pelo jeito que você descreveu – continuou Poirot – acho que ele deve ser muito vulnerável...

– Vulnerável? – perguntou o sr. Satterthwaite, que ficou surpreso por um momento. De modo geral ele não associaria essa palavra a Gervase Chevenix-Gore. Mas ele era um homem observador e de raciocínio rápido. Depois, disse com tranquilidade: – Acho que entendo o que quer dizer.

– Um homem desse tipo está sempre envolvido numa armadura, que não se parece em nada com a armadura dos cruzados... é uma armadura de arrogância, orgulho, de completa autoestima. É uma armadura de proteção contra as flechas do cotidiano. Mas esse é o perigo: *muitas vezes um homem de armadura sequer percebe que está sendo atacado.* Levará tempo para ver, ouvir e até mesmo sentir.

Poirot fez um pequeno silêncio e depois perguntou com uma mudança de tom:

– Quais são os membros da família de sir Gervase?

– Vanda, sua esposa. Ela era da família Arbuthnot, uma moça muito bonita. Ela ainda é uma mulher muito bonita, mas muitíssimo insegura. Dedica-se muito ao marido. Acho que se interessa por ciências ocultas, usa amuletos e escaravelhos e diz ser a reencarnação de uma rainha egípcia... Depois vem Ruth, a filha adotada do casal. Eles não tiveram filhos legítimos. A menina é bastante atraente, tem um estilo moderno. A família é composta só pelos três, com exceção de Hugo Trent, o sobrinho de Gervase. Pamela Chevenix-Gore casou-se com Reggie Trent, e Hugo foi o único filho dos dois, mas é órfão. Não pode herdar o título da família, é claro, mas acredito que acabará reivindicando a maior parte do dinheiro de Gervase. É um rapaz de boa aparência, é da cavalaria real.

Poirot assentiu pensativo. Depois perguntou:

– E sir Gervase lamenta não ter tido um filho que herdasse seu nome?

– Imagino que seja um grande pesar.

– E ele preza muito o nome da família?

– Sim.

O sr. Satterthwaite ficou em silêncio por alguns instantes, estava muito intrigado. Enfim perguntou:

– E você tem algum motivo forte para ir até Hamborough Close?

Poirot balançou a cabeça lentamente:

– Não – disse ele. – Pelo que vejo, não há motivo nenhum. Mas, em compensação, acho que acabarei indo.

Capítulo 2

Hercule Poirot sentou-se num vagão de primeira classe do trem que atravessava rapidamente a zona rural inglesa.

Bastante pensativo, ele tirou do bolso um telegrama hermeticamente dobrado, abriu e começou a ler:

Pegue o trem das quatro e meia para St. Pancras.
Desça em Whimperley.
Chevenix-Gore.

Ele dobrou o telegrama outra vez, recolocando-o no bolso.

O condutor do trem foi bastante gentil.

– O cavalheiro está indo para Hamborough Close? Ah, sim, sempre paramos o trem em Whimperley para os convidados de sir Gervase Chevenix-Gore. Acredito que seja uma espécie de prerrogativa especial, senhor.

Desde então o condutor apareceu duas vezes no vagão: a primeira para garantir que faria de tudo para que Poirot viajasse sozinho, e a segunda para anunciar que o trem partiria em dez minutos.

O trem deveria chegar às 19h50, mas Hercule Poirot desceu na plataforma da pequena estação exatamente às 20h02 e colocou na palma da mão do condutor uma meia-coroa que ele certamente esperava.

O Expresso do Norte partiu depois de dar um apito.

Um motorista alto, usando uniforme verde-escuro, aproximou-se de Poirot.

– Monsieur Poirot? Indo para Hamborough Close?

O motorista apanhou a elegante valise do detetive e o conduziu para fora da estação. Havia um grande Rolls Royce à espera. O motorista abriu a porta para Poirot, colocou sobre seus joelhos uma suntuosa manta de viagem feita de pele e deu partida no carro.

Depois de dez minutos de trajeto por curvas acentuadas e estradinhas arborizadas, o carro passou por um amplo portão flanqueado por enormes grifos esculpidos em pedra.

O carro atravessou um campo até chegar à casa. A porta foi aberta quando pararam, e um mordomo de postura imponente apareceu no primeiro degrau.

– Monsieur Poirot, por aqui.

Os dois seguiram pelo hall de entrada, e o motorista empurrou uma porta à direita.

– Monsieur Hercule Poirot – anunciou ele.

A sala estava cheia de pessoas vestidas com trajes noturnos, e logo Poirot percebeu que sua presença não era esperada. Todas as pessoas presentes olharam para ele, claramente surpresas.

Foi então que uma mulher alta, de cabelos escuros e mechas acinzentadas, aproximou-se dele.

Poirot a reverenciou, pegando sua mão.

– Minhas desculpas, madame – disse ele. – Infelizmente, o trem atrasou.

– Não se preocupe – disse lady Chevenix-Gore de modo vago. Ela ainda olhava para ele de maneira confusa. – Não se preocupe mesmo, senhor... senhor, não escutei seu nome...

– Hercule Poirot – disse ele, clara e distintamente.

Atrás dele pôde se ouvir um suspiro profundo e repentino.

No mesmo momento, ele percebeu que seu anfitrião não estava na sala e murmurou com gentileza:

– A senhora sabia que eu viria, madame?

– Ah... sim... – disse ela de modo não muito convincente. – Acredito que, quer dizer, acho que sim, mas não sou nada prática, monsieur Poirot, esqueço-me de tudo. – Ela falava com certo prazer melancólico em relação ao fato. – Aparentemente entendo tudo o que me dizem, mas, na verdade, minha memória é muito fraca. Quando vejo, não me lembro de nada, como se nunca tivesse escutado.

Depois, dando a leve impressão de que executava um dever esquecido há muito tempo, olhou vagamente ao redor e murmurou:

– Acredito que o senhor conheça todo mundo.

Embora nitidamente esse não fosse o caso, a frase já era uma fórmula batida que lady Chevenix-Gore usava para se poupar da confusão de apresentar as pessoas e ter de se esforçar para lembrar o nome de todos.

Fazendo um esforço enorme para lidar com a situação, ela acrescentou:

– Minha filha, Ruth.

A moça diante dele também era alta e morena, mas de um tipo muito diferente. Em vez de traços retos e indeterminados como os de lady Chevenix-Gore, ela tinha um nariz bem esculpido, levemente adunco, e o queixo afilado. O cabelo preto estava preso para trás e formava pequenos cachos firmes. Sua pele era rosada e brilhante e quase não tinha maquiagem. Poirot pensou que ela era uma das garotas mais adoráveis que ele já vira.

Ele também percebeu que ela era tão inteligente quanto bela, e deduziu algumas características de orgulho e temperamento. A voz dela era um pouco arrastada, o que lhe pareceu ser proposital.

– Mas que prazer conhecer Hercule Poirot! – disse ela. – Meu velho provavelmente preparou uma surpresa para nós.

– Isso quer dizer, mademoiselle, que não sabia da minha visita? – disse ele.

– Não tinha nem ideia. Por conta disso, terei de esperar para pegar meu álbum de autógrafos depois do jantar.

Ouviu-se o som de um gongo vindo do hall de entrada, e então o mordomo abriu a porta e disse:

– O jantar está servido.

Bem no momento em que ele disse a palavra "servido", algo de muito curioso aconteceu. A figura tipicamente doméstica tornou-se, por um segundo apenas, um ser humano bastante assustado... A metamorfose foi tão rápida e a máscara de criado bem-treinado ressurgiu tão rápido que só perceberia o fato quem estivesse olhando para ele. Por puro acaso, Poirot estava olhando.

O mordomo hesitou na porta. Embora sua expressão estivesse outra vez impassível, uma atmosfera de tensão pairava sobre seu rosto.

Lady Chevenix-Gore disse em tom de dúvida:

– Meu Deus, mas que incrível. Na verdade eu... não sei nem o que fazer.

Ruth disse para Poirot:

– Essa estranha consternação, monsieur Poirot, deve-se ao fato de meu pai estar atrasado para o jantar pela primeira vez em vinte anos.

– Mas é inacreditável – lamentou lady Chevenix-Gore. – Gervase nunca...

Um homem de meia-idade e postura militar aproximou-se dela, rindo alegremente.

– Velho e bom Gervase, enfim atrasado! Aposto que será motivo de gozação. Será que se atrasou fechando o botão da camisa ou ele é imune a essas fraquezas do cotidiano?

Lady Chevenix-Gore disse com uma voz lenta e confusa:

– Mas Gervase *nunca* se atrasa.

A consternação gerada por esse simples *contretemps* era quase ridícula. Mas para Hercule Poirot, não tinha *nada de ridículo*... Ele sentiu que havia uma intranquilidade, talvez até uma apreensão por trás daquilo tudo. E também achou estranho o fato de Gervase Chevenix-Gore não ter aparecido para cumprimentar o convidado solicitado de maneira tão misteriosa.

Enquanto isso, estava claro que ninguém sabia ao certo o que fazer. Estavam todos diante de uma situação sem precedentes, com a qual não sabiam lidar.

Finalmente, lady Chevenix-Gore tomou o que talvez pudesse ser chamado de iniciativa. Sem dúvida seu modo de agir era muitíssimo vago.

– Snell – disse ela –, o seu patrão...?

Ela não terminou a frase, apenas olhou com esperança para o mordomo.

Snell, que decerto já estava acostumado com o modo de agir de sua patroa, respondeu imediatamente:

– Sir Gervase desceu faltando cinco minutos para as oito, madame, e foi direto para o escritório.

– Ah, entendo... – Ela manteve a boca aberta, mas os olhos pareciam distantes. – Você acredita que ele não tenha ouvido o gongo?

– Acredito que ouviu sim, madame, o gongo fica bem perto da porta do escritório. É lógico que não sabia que ele ainda estaria no escritório, pois do contrário teria avisado que o jantar estava pronto. Devo ir até lá, madame?

Lady Chevenix-Gore franziu o rosto expressando alívio.

– Ah, obrigada, Snell, por favor, faça isso.

Quando o mordomo deixou a sala, ela disse:

– Snell é um verdadeiro tesouro. Confio totalmente nele. Não sei *mesmo* o que faria sem ele.

Alguém murmurou como se consentisse, mas ninguém disse nada. Hercule Poirot, observando com muita atenção a sala repleta de gente, imaginou que todos estivessem em estado de tensão. Passou rapidamente os olhos sobre as pessoas. Dois homens mais velhos, o sujeito de postura militar que acabara de falar, e um homem magro de cabelos grisalhos, lábios sisudos e cara de advogado. Dois homens mais jovens e bem diferentes um do outro: o de bigode e modesta arrogância parecia ser o sobrinho de sir Gervase, o que faz parte da cavalaria real; o outro, de cabelo liso penteado para trás e aparência um pouco vulgar, deveria ser de uma classe social inferior. Havia uma mulher baixa, de meia-idade, com um pincenê e olhos inteligentes, e ainda uma garota de cabelos ruivos radiantes.

Snell apareceu na porta. Seu modo de agir era perfeito, embora novamente o mordomo impessoal tenha demonstrado sinais de um ser humano perturbado por trás da aparência.

– Desculpe-me, madame, a porta do escritório está trancada.

– Trancada?

Era a voz de um homem – jovem, alerta, com um leve sinal de emoção. Era o jovem de boa aparência e cabelo penteado para trás. Ele continuou, apressando-se:

– Devo ir até lá...?

Mas Hercule Poirot assumiu o comando rapidamente e de forma tão natural que ninguém achou estranho o fato de um estrangeiro que acabara de chegar tomar de repente o controle da situação.

– Venha – disse ele. – Vamos até o escritório.

E prosseguiu, falando para Snell:

– Leve-nos até lá, por favor.

Snell obedeceu. Poirot o seguiu bem de perto, e todos foram atrás como um rebanho de ovelhas.

Snell os conduziu pelo hall de entrada, passando pela curva da escadaria, depois por um grande relógio de parede, um nicho onde ficava o gongo e ao longo de um corredor que terminava numa porta.

Poirot pôs-se à frente de Snell e gentilmente mexeu na fechadura, que foi girada sem a porta se abrir. Poirot bateu de leve na porta, depois com mais força. Quando desistiu, agachou-se e olhou pelo buraco da fechadura.

Lentamente ele se levantou e olhou ao redor. Sua expressão era firme.

– Cavalheiros! – disse ele. – A porta deve ser arrombada imediatamente!

Os dois jovens, ambos altos e fortes, arremeteram-se à porta, mas não foi nada fácil. As portas de Hamborough Close eram muito resistentes.

Quando finalmente a fechadura cedeu, a porta se rompeu de uma só vez com um barulho de madeira estilhaçada e despedaçada.

Então, por um breve momento, todos ficaram parados, amontoados na entrada olhando para a cena lá dentro. As luzes estavam acesas. À esquerda havia uma grande escrivaninha de puro mogno disposta de frente para a parede. Havia um homem sentado e totalmente despojado em uma cadeira ao lado da mesa e de costas para a porta. A cabeça e o tronco pendiam para o lado direito da cadeira, o braço e a mão direita caídos. Perto dela, no carpete, havia um revólver pequeno e reluzente.

Não havia como especular nada. A cena estava clara. Sir Gervase Chevenix-Gore havia atirado em si próprio.

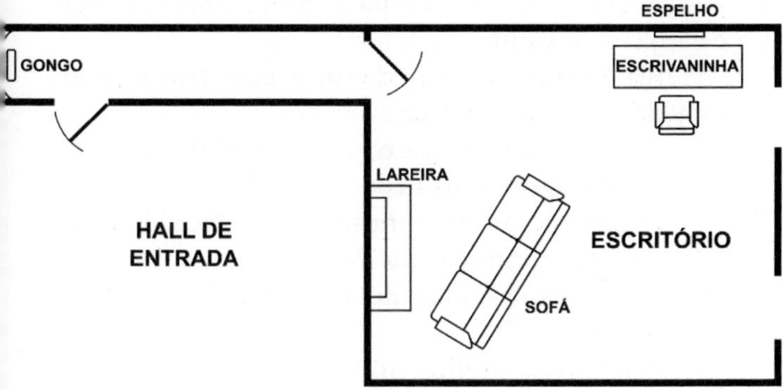

Capítulo 3

O grupo parado à porta permaneceu imóvel por alguns instantes, observando a cena. De repente, Poirot deu um passo adiante.

Neste exato momento, Hugo Trent disse vividamente:

– Meu Deus! O velho se matou!

Depois houve um longo e estremecido lamento de lady Chevenix-Gore.

– Ah, Gervase, Gervase!

Sobre o próprio ombro, Poirot disse de modo incisivo:

– Levem lady Chevenix-Gore, não há nada que ela possa fazer aqui.

O homem mais velho, de postura militar, obedeceu dizendo:

– Venha, Vanda, minha querida. Não há nada a fazer, acabou... Ruth, venha cá e cuide de sua mãe.

Mas Ruth Chevenix-Gore já havia se precipitado para dentro do escritório e estava parada ao lado de Poirot enquanto ele se curvava sobre a terrível criatura jogada na cadeira, uma figura de proporções hercúleas e barba estilo viking.

Ela disse em um tom de voz baixo e tenso, curiosamente contido e abafado.

– Tem certeza de que ele está... morto?

Poirot ergueu o rosto.

O rosto da moça expressava uma emoção vívida, severamente reprimida, que Poirot não entendeu. Não era tristeza, parecia mais uma espécie de inquietação amedrontada.

A pequena mulher com um pincenê no nariz murmurou:

– Sua mãe, minha querida, não acha melhor...?

Com uma voz alta e histérica, a menina ruiva gritou:

– Então o que ouvimos *não foi* um carro ou o estouro de um champanhe! Foi um tiro!

Poirot se virou e encarou a todos.

– Alguém precisa chamar a polícia...

Ruth Chevenix-Gore berrou:

– Não!

O homem mais velho com cara de advogado disse:

– Infelizmente, é inevitável. Quem pode fazer isso, Burrows? Hugo?

Poirot disse para o jovem alto de bigode:

– Sr. Hugo Trent? Seria bom se... se todos saíssem daqui, exceto você e eu.

Novamente sua autoridade não foi questionada. O advogado encaminhou os outros para fora, deixando Poirot e Hugo Trent sozinhos.

– Mas *quem é* você? – perguntou Hugo. – Quer dizer, eu não tenho a mínima ideia. O que faz aqui?

Poirot retirou um cartão de visitas do bolso e o entregou a Hugo. Ele olhou o cartão e disse:

– Detetive particular? Ah, é claro, ouvi falar do senhor... mas, mesmo assim, não entendo o que faz aqui.

– O senhor não sabia que seu tio... ele era seu tio, não era?

Os olhos de Hugo recaíram por um breve momento sobre o homem morto.

– O velho? Sim, ele era meu tio.

– E o senhor não sabia que ele havia mandado me chamar?

Hugo balançou a cabeça e disse com calma:

– Eu não tinha a menor ideia.

Havia uma emoção difícil de classificar em sua voz. Seu rosto parecia petrificado e entorpecido, o tipo de expressão, pensou Poirot, que caía como uma máscara útil em momentos de estresse.

Poirot disse calmamente:

– Estamos em Westshire, não é? Conheço muito bem o delegado daqui, o major Riddle.

Hugo disse:

– Riddle mora a cerca de um quilômetro. Talvez possa vir pessoalmente.

– Isso seria muito apropriado – disse Poirot.

Ele começou a rondar devagar pelo escritório. Contraiu-se ao lado da cortina e examinou as janelas francesas, tentando gentilmente abri-las. Estavam fechadas.

Na parede atrás da escrivaninha havia um espelho redondo trincado. Poirot abaixou-se e pegou um pequeno objeto.

– O que é isso? – perguntou Hugo Trent.

– A bala.

– Atravessou a cabeça dele e bateu no espelho?

– Parece que sim.

Poirot recolocou a bala meticulosamente no lugar onde estava antes e foi até a escrivaninha. Havia alguns papéis organizados em pilhas. Sobre o mata-borrão havia uma folha de papel solta com as palavras SINTO MUITO escritas em letras grandes e trêmulas.

Hugo disse:

– Ele deve ter escrito pouco antes de... de fazer isso.

Poirot concordou. Olhou mais uma vez para o espelho partido, depois para o homem morto e franziu a testa como se estivesse perplexo. Caminhou até a porta, que pendia meio torta com a fechadura estilhaçada. Não havia nenhuma chave na porta, como já sabia, pois do contrário não teria conseguido olhar pelo buraco. A chave também não estava no chão. Poirot curvou-se sobre o morto e passou as mãos pelo seu corpo.

– Sim – disse ele. – A chave está no bolso.

Hugo puxou uma carteira de cigarros e acendeu um. Depois disse um pouco rouco:

– Parece tudo muito claro. Meu tio se trancou, rabiscou a mensagem no papel e se matou.

Poirot assentiu, refletindo. Hugo continuou:

– Mas não entendo o motivo de tê-lo chamado. Do que se tratava?

– Isso é bem difícil de explicar. Enquanto esperamos as autoridades, sr. Trent, gostaria que me dissesse exatamente quem são todas as pessoas que vi aqui quando cheguei.

– Quem são elas? – perguntou Hugo quase inconscientemente. – Ah, sim, é claro, desculpe-me. Por que não nos sentamos? – Ele indicou um sofá do outro lado do escritório e continuou falando enquanto gesticulava. – Bem, há Vanda, minha tia, e Ruth, minha prima, mas o senhor as conhece. A outra garota é Susan Cardwell, ela está hospedada aqui. Também há o coronel Bury, um velho amigo da família. E o sr. Forbes, outro velho amigo, mas que também é advogado da família. Os dois homens foram apaixonados por Vanda quando ela era jovem e até hoje continuam devotados, cercando-a de certa forma. É ridículo, mas bem comovente. Depois há Godfrey Burrows, o secretário do velho, quer dizer, do meu tio, e a srta. Lingard, que está aqui para ajudá-lo a escrever a história da família Chevenix-Gore. Ela reúne informações históricas para escritores. É o bastante, acredito.

Poirot assentiu com a cabeça e depois disse:

– E suponho que o senhor tenha ouvido o tiro que matou seu tio?

– Sim, ouvi. Pensei que fosse um champanhe sendo aberto. Susan e a srta. Lingard pensaram que fosse o cano de descarga de um carro lá fora, a estrada passa aqui bem perto.

– E quando foi isso?

– Às oito e dez, mais ou menos. Snell havia acabado de dar o primeiro sinal no gongo.

– E onde o senhor estava quando ouviu o barulho?

– No hall de entrada. Nós... nós estávamos rindo disso, tentando adivinhar de onde vinha o barulho. Eu disse que vinha da sala de jantar, Susan disse que vinha da direção da sala de estar, a srta. Lingard achou que viesse do andar de cima, e Snell disse que o barulho vinha de fora, mas que entrou pelas janelas de cima. Então Susan perguntou: "Mais alguma teoria?". Eu respondi dizendo que "sempre há um assassinato!". Parece nojento pensar nisso agora.

O rosto dele parecia contraído por estar nervoso.

– Ninguém imaginou que sir Gervase pudesse ter se matado?

– Ah, não, claro que não.

– Na verdade você tem alguma ideia do motivo?

Hugo disse lentamente:

– É... bem... eu não diria que...

– Você *tem* ideia?

– Sim, bem... é difícil explicar. Naturalmente eu não esperaria um suicídio, mas ao mesmo tempo não fiquei surpreso. A verdade é que meu tio era bem maluco, monsieur Poirot. Todo mundo sabia disso.

– E isso lhe parece ser uma explicação suficiente?

– Bem, as pessoas costumam se matar quando são meio malucas.

– Uma explicação de admirável simplicidade.

Hugo olhou fixo para ele.

Poirot se levantou novamente e caminhou sem objetivo pelo cômodo confortavelmente mobiliado, praticamente todo em um pesado estilo vitoriano. Havia estantes grandiosas, poltronas amplas e algumas cadeiras retas em genuíno estilo chippendale. Não havia muitos ornamentos, mas alguns bustos de bronze sobre o consolo da lareira chamaram a atenção de Poirot, e ele parecia admirado. Ele pegou um por um, examinando-os cuidadosamente antes de recolocá-los no lugar e depois retirou, com a ponta da unha, alguma coisa no último busto da esquerda.

– O que era? – perguntou Hugo sem muito interesse.

– Nada de mais, um pedacinho do espelho.

Hugo disse:

– Engraçado como o espelho estilhaçou com o tiro. Espelho quebrado quer dizer má sorte. Pobre Gervase... Acho até que a sorte dele durou demais.

– Seu tio era um homem de sorte?

Hugo deu uma risada breve.

– Ora, a sorte dele era notória! Tudo o que ele tocava virava ouro. Se apostava num cavalo ruim, ele ganhava! Se investia numa mina duvidosa, encontrava o tesouro na mesma hora. Conseguia escapar de forma espetacular das situações mais difíceis, e sua vida foi salva por milagre mais de uma vez. Na verdade, ele era um cara muito bacana, sabe? Certamente esteve em mais lugares e viu mais coisas do que a maioria da sua geração.

Poirot murmurou de forma fluente:

– O senhor gostava do seu tio, sr. Trent?

Hugo Trent pareceu um pouco surpreso pela pergunta.

– Ah, é... sim, é claro – divagou. – Ele era meio difícil às vezes, demandava um certo esforço conviver com ele... Felizmente não nos encontrávamos com muita frequência.

– E *ele*, gostava do senhor?

– Não tanto a ponto de se perceber. Na verdade, ele se ressentia da minha existência, por assim dizer.

– Como assim, sr. Trent?

– Veja bem, ele não tinha um filho e era muito frustrado por isso, pois era louco pela família, esse tipo de coisa. Acho que sentia uma dor na alma só de pensar que, quando morresse, não haveria descendentes da família Chevenix-Gore, que começou com a conquista normanda. O velho era o último que carregava o nome. Devia ser terrível para ele.

– E o senhor não compartilha esse sentimento?

Hugo deu de ombros.

– Essas coisas me parecem um pouco antiquadas.

– O que acontecerá com a propriedade?

– Realmente, não sei. Talvez eu mesmo herde, ou talvez ele tenha deixado para Ruth. É provável que fique com Vanda, enquanto ela estiver viva.

– Seu tio nunca declarou quais eram suas intenções?

– Bem, ele tinha sua preferência.

– E qual era?

– Ele queria que eu e Ruth nos casássemos.

– Sem dúvida, isso seria bastante apropriado.

– É verdade. Mas Ruth... Bem, Ruth tem uma visão muito própria da vida. Veja bem, ela é uma jovem muito atraente e sabe disso. Não tem pressa nenhuma em se casar e se estabelecer.

Poirot inclinou o corpo para frente.

– Mas o senhor queria se casar com ela, sr. Trent?

Hugo disse com um tom de voz entediado:

– Acho que não faz a mínima diferença com quem se casa hoje em dia. Divorciar-se é tão fácil. Se a coisa não vai bem, nada mais fácil que romper os laços e começar de novo.

A porta se abriu e Forbes entrou com um homem alto e bem-vestido, que fez um gesto de boa vontade com a cabeça para Trent.

– Olá, Hugo. Sinto muito pelo que aconteceu, muito difícil para todos vocês.

Hercule Poirot adiantou-se.

– Como vai, major Riddle? Lembra-se de mim?

– Sim, claro. – O delegado apertou a mão de Poirot e prosseguiu. – Então, *você* aqui?

Na voz dele havia um tom pensativo. Ele olhou, curioso, para Hercule Poirot.

Capítulo 4

– E então? – disse o major Riddle.

Haviam se passado vinte minutos. A pergunta do delegado foi direcionada ao legista, um homem magro, velho, de cabelos grisalhos.

O legista deu de ombros.

– Ele está morto há mais de meia hora, mas não mais que uma hora. Sei que não quer detalhes técnicos, então lhe pouparei deles. Ele levou um tiro na cabeça, e a arma foi colocada a poucos centímetros da têmpora direita. A bala atravessou a cabeça e saiu do outro lado.

– Perfeitamente compatível com suicídio?

– Sim, totalmente. O corpo então despencou na cadeira, e a arma caiu de sua mão.

– Encontrou a bala?

– Sim – disse o médico, levantando-a.

– Bom – disse o major Riddle. – Vamos guardá-la para comparar com a arma. Estou feliz por ser um caso claro e sem dificuldades.

Hercule Poirot questionou:

– O senhor tem certeza de que não há *nenhuma* dificuldade?

O legista respondeu em tom suave:

– Bem, suponho que uma coisa pode lhe soar estranha. Ele deveria estar levemente curvado para a direita quando atirou em si mesmo. Do contrário a bala teria acertado a parede *abaixo* do espelho, e não diretamente nele.

– Uma posição desconfortável para cometer suicídio, não é?

O legista deu de ombros.

– É, mas para que conforto se o objetivo é acabar... – ele não terminou de dizer a frase.

O major Riddle disse:

– O corpo pode ser levado agora?

– Ah, sim, já fiz o que precisava antes da autópsia.

– E o senhor, inspetor? – o major Riddle falou com um homem alto e impassível, vestido à paisana.

– Tudo bem, senhor. Já conseguimos o que precisávamos, somente as impressões digitais do falecido na arma.

– Então podem pedir para removê-lo.

O cadáver de Gervase Chevenix-Gore foi retirado. O delegado e Poirot ficaram a sós.

– Bem – disse Riddle –, tudo parece bem claro e transparente. Porta fechada, janelas cerradas, chave da porta no bolso do morto. Tudo como manda o prontuário, com exceção de uma circunstância.

– E qual seria, meu caro? – perguntou Poirot.

– *Você*! – disse Riddle sem meias palavras. – O que está fazendo aqui?

Como resposta Poirot entregou a ele a carta que recebera do defunto há uma semana, e o telegrama que finalmente o levara até lá.

– Hum – disse o delegado. – Interessante. Teremos de investigar isso. Creio que há uma ligação direta com o suicídio.

– Concordo.

– Precisamos interrogar as pessoas que estão na casa.

– Posso lhe dizer o nome delas. Eu acabei de fazer algumas perguntas ao sr. Trent.

E repetiu a lista dos nomes.

– Talvez você, major Riddle, saiba algo sobre essas pessoas.

– Sim, é claro que sei alguma coisa. Lady Chevenix-Gore é tão louca quanto o velho sir Gervase, mas à sua própria maneira. Eram bastante devotos um ao outro, e bem malucos. Ela é a criatura mais vaga na face da terra, mas de vez em quando demonstra uma astúcia misteriosa de maneira surpreendente. As pessoas riem muito dela. Acredito que ela saiba, mas não se importa. E também não tem absolutamente nenhum senso de humor.

– E a srta. Chevenix-Gore é a filha adotiva dela, acredito?

– Sim.

– Uma moça muito bonita.

– Uma garota diabolicamente atraente. Tem destruído o coração da maioria dos rapazes da região. Seduz todos eles e depois vira as costas, dando risada.

Tem mãos maravilhosas e uma bela postura quando anda a cavalo.

– Mas nem devemos nos preocupar com isso.

– É... não, talvez não. Bem, e quanto aos outros. Conheço o velho Bury, é claro. Ele passa muito tempo aqui, é praticamente o gato de estimação da casa. Uma espécie de secretário pessoal de lady Chevenix-Gore. É um velho amigo, a família o conhece desde sempre. Acho que ele e sir Gervase estavam interessados em alguma empresa dirigida por Bury.

– Oswald Forbes, sabe algo sobre ele?

– Tenho a sensação de que já o encontrei uma vez.

– E a srta. Lingard?

– Nunca ouvi falar dela.

– Srta. Susan Cardwell?

– A moça vistosa de cabelos ruivos? Eu a vi perambulando com Ruth Chevenix-Gore nos últimos dias.

– Sr. Burrows?

– Sim, eu o conheço, é o secretário de Chevenix-Gore. Cá entre nós, não simpatizo muito com ele. Ele é boa-pinta e sabe disso, mas não tem muita classe.

– Ele trabalha há muito tempo com sir Gervase?

– Acho que há uns dois anos.

– E não há mais ninguém...? – Poirot interrompeu a pergunta.

Um homem alto, de cabelos claros e vestindo trajes casuais entrou, apressado. Ele estava sem fôlego e parecia perturbado.

– Boa noite, major Riddle. Ouvi um boato de que sir Gervase se matou e vim correndo até aqui. Snell disse que é verdade. É inacreditável! Não consigo acreditar nisso!

– É verdade, sim, Lake. Deixe-me apresentá-lo. Este é o capitão Lake, agente imobiliário de sir Gervase. E este é Hercule Poirot, já deve ter ouvido falar dele.

O rosto de Lake se abriu com uma mistura de incredulidade e fascínio.

– Monsieur Hercule Poirot? Muito prazer em conhecê-lo. Finalmente... – Ele se interrompeu, e o sorriso encantador desapareceu; parecia perturbado e confuso. – Há algo esquisito nesse suicídio, não há?

– Por que haveria algo “esquisito”? – perguntou depressa o delegado.

– Porque monsieur Poirot está aqui. Ah, e porque toda a situação parece inacreditável.

– Não, não – disse Poirot, adiantando-se. – Não estou aqui por causa da morte de sir Gervase. Eu já estava aqui como convidado.

– Ah, entendo. Engraçado, ele não me disse que você viria. Hoje à tarde, estávamos resolvendo alguns assuntos de contabilidade.

Poirot retrucou:

– Você usou a palavra “inacreditável” duas vezes, capitão Lake. Isso quer dizer que está muito surpreso com o suicídio de sir Gervase?

– Claro que sim. Ele era meio malucão, mas mesmo assim é inconcebível ter pensado que o mundo continuaria bem sem ele.

– É verdade, interessante seu argumento – disse Poirot. E observou com apreciação o semblante franco e inteligente do jovem rapaz.

O major Riddle raspou a garganta.

– Já que está aqui, capitão Lake, por favor, sente-se para responder algumas perguntas.

– Às ordens, senhor.

Lake tomou uma cadeira de frente para os dois.

– Quando viu sir Gervase pela última vez?

– Hoje à tarde, pouco antes das três horas. Precisávamos conferir a contabilidade e falar sobre um novo arrendamento das terras.

– E por quanto tempo ficaram juntos?

– Meia hora, talvez.

– Pense com cuidado e diga-me se percebeu algo estranho no jeito dele de agir.

O rapaz refletiu.

– Não, acredito que não. Talvez estivesse um pouquinho agitado, mas isso não era incomum no caso dele.

– Ele não estava depressivo de alguma maneira?

– Não, estava de ótimo humor. E estava se divertindo muito, escrevendo uma história da família.

– Há quanto tempo ele vinha fazendo isso?

– Começou há mais ou menos seis meses.

– A srta. Lingard veio pra cá nessa época?

– Não. Ela chegou há cerca de dois meses quando ele descobriu que não conseguiria fazer a pesquisa sozinho.

– E o senhor acha que ele estava mesmo se divertindo?

– Com toda certeza! Para ele, nada mais tinha importância a não ser a família.

Houve uma amargura momentânea no tom de voz do jovem.

– Então, pelo que sabe, sir Gervase não tinha preocupações?

Houve uma pausa bem rápida antes de o capitão Lake responder.

– Não.

Poirot interpôs subitamente uma pergunta:

– Sir Gervase não se preocupava com a filha dele?

– Filha?

– Foi o que me disseram.

– Não que eu saiba – disse o jovem com firmeza na voz.

Poirot não disse mais nada, mas o major Riddle prosseguiu:

– Bem, muito obrigado, Lake. Seria bom se o senhor ficasse na casa, talvez eu queira lhe perguntar mais alguma coisa.

– Com certeza, senhor. – Ele se levantou. – Algo mais que eu possa fazer?

– Sim, por favor, peça que o mordomo venha até aqui e procure saber como está lady Chevenix-Gore e se podemos falar com ela pessoalmente. Talvez ela esteja muito transtornada.

O jovem assentiu com a cabeça e saiu do escritório rapidamente.

– Personalidade encantadora – disse Hercule Poirot.

– Sim, um bom rapaz e trabalha muito bem. Todos gostam dele.

Capítulo 5

– Sente-se, Snell – disse o major Riddle em um tom amigável. – Tenho muitas perguntas a lhe fazer e desconfio que isso tenha sido um choque para você.

– Sim, na verdade foi, senhor. Obrigado. – Snell se sentou com um ar tão discreto que teria sido praticamente a mesma coisa se ele permanecesse em pé.

– O senhor trabalha aqui há muito tempo, não é?

– Dezesseis anos, desde que sir Gervase resolveu... é... se instalar, por assim dizer.

– Ah, sim, seu patrão era um grande viajante.

– Sim, senhor. Ele acompanhou uma expedição ao polo Norte e a muitos lugares interessantes.

– Pois então, Snell, poderia me dizer quando viu seu patrão pela última vez hoje à noite?

– Eu estava na sala de jantar, cuidando da arrumação da mesa. A porta que dá para o hall de entrada estava aberta, então vi que sir Gervase desceu as escadas, atravessou o hall e entrou no corredor que dá para o escritório.

– E isso aconteceu a que horas?

– Pouco antes das oito, talvez 19h55.

– E depois o senhor não o viu mais?

– Exato.

– Escutou o tiro?

– Sim, escutei... mas, é claro, não tive nem ideia do que poderia ser.

– E pensou que fosse o quê?

– Pensei que fosse um carro, senhor. A estrada passa muito perto daqui. Ou talvez um tiro na floresta, um caçador... Eu sonhei que...

O major Riddle o interrompeu.

– E o barulho, que horas foi?

– Exatamente às 20h08, senhor.

O delegado perguntou com frieza:

– E por que pode garantir com tanta precisão assim?

– Ah, isso é fácil, senhor. Eu tinha acabado de dar o primeiro sinal no gongo.

– Primeiro sinal?

– Sim, senhor. Seguindo ordens de sir Gervase, eu sempre soava o gongo sete minutos antes do segundo sinal, que representa o chamado para o jantar. Ele era muito detalhista, e todos deveriam estar reunidos na sala de estar quando o gongo soasse pela segunda vez. Assim que dava o segundo sinal, eu ia até a sala de estar anunciar o jantar.

– Estou começando a entender – disse Hercule Poirot – por que ficou tão surpreso quando anunciou o jantar esta noite. Sir Gervase costumava sempre esperar na sala de estar?

– Nunca aconteceu isso antes, fiquei realmente surpreso. Pensei que...

Mais uma vez o major Riddle interrompeu bruscamente:

– E os outros sempre esperavam lá também?

Snell tossiu.

– Qualquer pessoa que se atrasasse para o jantar nunca mais era convidada de novo.

– Hum, muito drástico.

– Sir Gervase tinha um chef que antes trabalhava para o imperador da Morávia, senhor. Ele costumava dizer que o jantar é tão importante quanto um ritual religioso.

– E quanto ao restante da família?

– Lady Chevenix-Gore sempre teve todo o cuidado para não chateá-lo, e até mesmo a srta. Ruth não ousava se atrasar para o jantar.

– Interessante – murmurou Hercule Poirot.

– Entendo – disse Riddle. – Então, se o jantar era às oito e quinze, o primeiro sinal costumava ser dado às 20h08?

– Sim, senhor, mas não foi algo habitual. O jantar costumava ser às oito. Mas sir Gervase deu ordens de que hoje o jantar deveria ser às oito e quinze, pois ele aguardava um cavalheiro que vinha no último trem.

Snell fez uma saudação com o corpo, apontando Poirot enquanto falava.

– Quando seu patrão foi para o escritório, ele parecia preocupado ou aborrecido?

– Não saberia dizer, senhor. Eu estava muito longe para julgar sua expressão. Só o vi passando.

– Ele estava sozinho quando foi para lá?

– Sim.

– Alguém foi até o escritório depois disso?

– Não sei dizer, senhor. Fui até a despensa depois disso e saí de lá só quando fui dar o primeiro sinal, às 20h08.

– Foi quando ouviu o tiro?

– Sim, senhor.

Poirot gentilmente fez uma pergunta:

– Outras pessoas também ouviram o tiro, acredito?

– Sim. O sr. Hugo e a srta. Cardwell. E a srta. Lingard.

– Essas pessoas também estavam no hall de entrada?

– A srta. Lingard saiu da sala de estar, e a srta. Cardwell e o sr. Hugo estavam descendo as escadas.

Poirot perguntou:

– E houve alguma conversa sobre o barulho?

– Sim, o sr. Hugo perguntou se havia champanhe para o jantar. Eu disse que seria servido xerez, vinho branco do Reno e vinho da Borgonha.

– Ele achou que fosse a rolha de um champanhe?

– Sim, senhor.

– Mas ninguém levou a sério?

– Não, ninguém. Todos entraram na sala de estar, rindo e conversando.

– Onde estavam as outras pessoas?

– Não sei dizer, senhor.

– Você sabe alguma coisa sobre esta arma? – perguntou o major Riddle, levantando-a enquanto falava.

– Sim, senhor. Era de sir Gervase. Ele sempre a guardava na gaveta dessa escrivaninha.

– E estava sempre carregada?

– Não sei, senhor.

O major Riddle abaixou a arma e limpou a garganta.

– Snell, agora vou fazer uma pergunta muito importante. Espero que seja o mais sincero possível. *O senhor sabe de qualquer motivo que pudesse levar seu patrão a cometer suicídio?*

– Não, senhor, não sei de nada.

– Sir Gervase não estava esquisito nos últimos dias? Deprimido ou preocupado?

Snell tossiu, meio contrito.

– Desculpe-me dizer isto, senhor, mas sir Gervase sempre foi o que os estranhos dizem, tinha um jeito esquisito de agir. Era um homem extremamente original.

– Sim, sim, tenho certeza disso.

– Nem sempre as pessoas de fora *entendiam* sir Gervase – disse Snell com uma ênfase especial.

– Sim, eu sei. Mas não havia nada que *você* achasse incomum?

O mordomo hesitou.

– Acredito que sir Gervase estava preocupado com alguma coisa – disse finalmente.

– Preocupado e deprimido?

– Eu não diria deprimido, mas preocupado, sim.

– E tem alguma ideia do motivo da preocupação?

– Não, senhor.

– Por acaso teria a ver com alguma pessoa específica?

– Realmente não sei dizer. De todo modo, é só uma impressão minha.

Poirot perguntou mais uma vez:

– E o senhor ficou surpreso com o suicídio dele?

– Muito surpreso. Foi um choque terrível pra mim. Jamais imaginaria uma coisa dessas.

Poirot assentiu, pensativo.

Riddle olhou para ele, depois disse:

– Bem, Snell, acho que isso é tudo. Tem certeza de que não há nada mais a dizer, nenhum incidente fora do comum, por exemplo, que tenha ocorrido nos últimos dias?

O mordomo se levantou e balançou a cabeça.

– Nada, senhor, nada mesmo.

– Obrigado, então.

– Obrigado, senhor.

Ao caminhar em direção à porta, Snell parou por um momento e abriu passagem para lady Chevenix-Gore, que entrou graciosa no escritório.

Ela usava um vestido de estilo oriental, estampado em roxo e laranja, enrolado no corpo. Sua expressão facial era serena, e seu jeito era contido e tranquilo.

– Lady Chevenix-Gore – disse o major Riddle enquanto se levantava.

– Disseram-me que o senhor gostaria de falar comigo – disse ela.

– Devemos ir para outra sala? Deve ser muitíssimo doloroso para a senhora.

Lady Chevenix balançou a cabeça negativamente e se sentou em uma das cadeiras em estilo chippendale. Depois murmurou:

– De modo algum, que diferença faz?

– É muito importante, lady Chevenix-Gore, deixar um pouco os sentimentos de lado. Sei o quão terrível deve estar sendo esse choque e...

Ela o interrompeu.

– Foi um grande choque no início – admitiu ela. Seu tom era leve e coloquial. – Mas não há nada que se iguale à morte, só a mudança. Para dizer a verdade, Gervase está de pé bem atrás do seu ombro esquerdo agora. Posso vê-lo nitidamente.

O major Riddle contraiu levemente o ombro esquerdo e olhou para lady Chevenix-Gore de maneira hesitante.

Ela sorriu para ele um sorriso vago e feliz.

– O senhor não acredita, é claro. Pouquíssimas pessoas acreditam. Para mim o mundo espiritual é tão real quanto este. Mas pergunte o que quiser sem nenhuma preocupação em me abalar, eu estou bem. Tudo se resume ao destino, entende? Ninguém pode escapar do próprio carma. Tudo se encaixa, o espelho... tudo.

– O espelho, madame? – perguntou Poirot.

Ela gesticulou com a mão apontando o espelho.

– Sim. Está partido, entende? Um símbolo! Conhece aquele poema de Tennyson? Eu costumava lê-lo quando criança, mas na época não entendia seu lado esotérico. "*O espelho partiu-se de ponta a ponta, 'A maldição caiu sobre mim', gritou a dama de Shalott*". Foi o que aconteceu com Gervase. A maldição lhe sobreveio de repente. Acredito que famílias muito antigas têm uma maldição... o espelho quebrado. Ele sabia que estava amaldiçoado. *A maldição chegou!*

– Mas, madame, não foi uma maldição que quebrou o espelho, foi uma bala!

Lady Chevenix-Gore disse com o mesmo tom vago e suave:

– Não importa, tudo se resume... ao destino!

– Mas seu marido se matou.

Lady Chevenix-Gore sorriu indulgente:

– Ele não deveria ter feito isso, é claro. Mas Gervase sempre foi impaciente, nunca esperava nada. A hora dele chegou, e ele foi ao encontro dela. É tudo tão simples, mesmo.

O major Riddle, raspando a garganta, disse com firmeza:

– Então a senhora não se surpreendeu com o suicídio do seu marido? Esperava que algo assim acontecesse?

– Não, não – disse ela com os olhos arregalados. – É impossível prever o futuro o tempo todo. É claro que Gervase era um homem muito estranho, muito incomum, bem diferente dos outros. Já sei há algum tempo que Gervase era a reencarnação de um dos Grandes, e acho que ele também sabia. Era difícil para ele se conformar com os padrões superficiais do mundo cotidiano. – Depois, olhando por sobre o ombro do major Riddle, ela acrescentou: – Ele está sorrindo agora e pensando no quanto somos tolos. Porque somos assim, como crianças. Fingimos que a vida é real e importante, mas ela não passa de uma das grandes ilusões.

Sentindo que estava lutando por uma batalha perdida, o major Riddle perguntou desesperadamente:

– E a senhora não pode nos dizer *por que* o seu marido se matou?

Ela balançou os ombros magros negativamente.

– Somos movidos pelas forças... O senhor não entenderia, pois faz parte apenas do plano material.

Poirot tossiu.

– Falando do mundo material, madame, a senhora tem alguma ideia de para quem o seu marido deixou o dinheiro?

Ela olhou para ele e disse:

– Dinheiro? Eu nunca penso em dinheiro.

O tom da voz dela era de desdém.

Poirot mudou de assunto.

– A que horas a senhora desceu para o jantar?

– Horas? O que são as horas? O infinito é a resposta. O tempo é infinito.

Poirot murmurou:

– Mas seu marido, madame, era muito detalhista em relação ao tempo, principalmente no que se refere ao horário do jantar.

– Gervase, querido! – Ela sorriu satisfeita. – Ele era um ingênuo quanto a isso. Mas se sentia feliz, por isso nunca nos atrasávamos.

– A senhora estava na sala de estar quando o gongo soou pela primeira vez?

– Não, eu estava no meu quarto ainda.

– A senhora se lembra de quem estava na sala de estar quando desceu?

– Quase todos, eu acho – hesitou lady Chevenix-Gore. – Isso importa?

– Possivelmente não – admitiu Poirot. – Mais uma coisinha: o seu marido lhe falou alguma vez sobre a suspeita de estar sendo roubado?

Lady Chevenix-Gore não parecia muito interessada na questão.

– Roubado? Não, acho que não.

– Sim, sendo vítima de um roubo, uma trapaça ou algo do tipo...

– Não, não, acredito que não... Gervase ficaria furioso se alguém ousasse fazer alguma coisa assim.

– Ele chegou a comentar o assunto?

– Não, não. – Lady Chevenix-Gore balançou a cabeça ainda sem muito interesse. – Eu me lembraria se esse fosse o caso...

– Quando a senhora viu seu marido pela última vez?

– Ele passou no quarto antes de descer, como de costume. Minha criada estava lá. Ele só disse que estava descendo.

– Sobre qual assunto ele falou mais nas últimas semanas?

– Ah, sobre a história da família. Tudo estava indo muito bem! Ele havia encontrado a srta. Lingard, aquela moça engraçada, inestimável. Ela pesquisava algumas coisas para ele no Museu Britânico. Ela trabalhou com lorde Mulcaster no livro dele e era muito diplomática, quer dizer, só pesquisava as coisas corretas. Afinal, há ancestrais que não queremos evocar. Gervase era muito sensível. Ela me ajudou também, conseguiu várias informações para mim sobre Hatshepsut. Sou a reencarnação de Hatshepsut, sabia?

Lady Chevenix-Gore disse a última frase com uma voz tranquila.

– Antes disso, fui uma sacerdotisa na Atlântida – prosseguiu ela.

O major Riddle se mexeu um pouco na cadeira.

– É... muito interessante – disse ele. – Bem, lady Chevenix-Gore, acho que isso é tudo. A senhora foi muito gentil.

Lady Chevenix-Gore se levantou e arrumou a roupa em volta de si.

– Boa noite – disse ela. Depois, olhando para um ponto atrás do major Riddle, acrescentou: – Boa noite, Gervase, meu querido. Gostaria que pudesse me acompanhar, mas sei que precisa ficar aqui. – Depois, como se explicasse, prosseguiu: – Você precisa ficar no lugar onde morreu por pelo menos 24 horas. É o tempo necessário antes que possa andar livre por aí e se comunicar.

E saiu do escritório.

O major Riddle franziu a testa.

– Rapaz... – murmurou ele. – Ela é muito mais maluca do que eu pensava. Será que acredita mesmo nessa bobagem toda?

Poirot balançou a cabeça, pensativo.

– Talvez ela ache que seja útil – disse ele. – Neste momento, ela precisa criar um mundo ilusório para superar a dura realidade da morte do marido.

– Pra mim, ela é um sério caso clínico – disse o major Riddle. – Uma grande balela sem o menor sentido.

– Não, meu amigo. O interessante é que, como disse o sr. Hugo Trent, no meio de todas as baboseiras acabamos encontrando alguma sensatez. Ela mostrou isso ao falar sobre o cuidado da srta. Lingard em não perder tempo com ancestrais indesejados. Acredite, lady Chevenix-Gore não é boba.

Ele se levantou e começou a andar de um lado para o outro do escritório.

– Há algumas coisas que definitivamente não me agradam nesse caso.

Riddle olhou para ele, curioso.

– Você fala do motivo do suicídio?

– Suicídio, mas que suicídio! Estou dizendo, está tudo errado! *Psicologicamente errado!* O que Chevenix-Gore pensava de si mesmo? Que era um colosso, uma pessoa extremamente importante, o centro do universo! O sujeito que pensa assim não se mata. É mais provável que destrua outra pessoa, um miserável rastejante que ousasse aborrecê-lo... Isso sim ele podia considerar necessário, até santificado! Mas autodestruição? A destruição de um ego como o dele?

– Entendo muito bem, Poirot. Mas as evidências são muito claras. Porta fechada, chave no próprio bolso. Janelas fechadas e trancadas. Sei que essas coisas acontecem nos livros, mas nunca vi nada parecido na vida real. Mais alguma coisa?

– Sim – disse Poirot, sentando-se na cadeira. – Estou aqui. Eu sou Chevenix-Gore, sentado à minha mesa. Estou pronto para me matar porque, digamos, descobri algo terrível que desonra o nome da família. Não é muito convincente, mas deve bastar.

"*Eh bien*, o que eu faço? Escrevo SINTO MUITO em um pedaço de papel. Depois abro a gaveta, pego a arma, carrego e atiro? Não, primeiro eu viro a cadeira desse jeito, inclino o corpo um pouco para a direita desse jeito, coloco a arma na cabeça e atiro!"

Poirot deu um pulo da cadeira, virou-se rapidamente e perguntou:

– E então, isso faz sentido? *Por que* virar a cadeira? Se por acaso houvesse uma foto na outra parede, tudo bem, haveria uma explicação. Talvez o retrato de alguém que quisesse ver antes de morrer, mas o que há? Cortinas. *Ah non*, não faz o menor sentido.

– Talvez ele quisesse olhar para fora e ver a propriedade mais uma vez.

– Meu caro amigo, você nem tem convicção quando diz isso. Você sabe que é uma bobagem. Já estava escuro às 20h08, e as cortinas estavam fechadas. Tem que haver outra explicação...

– Pelo que vejo, só existe uma. Gervase Chevenix-Gore era maluco.

Insatisfeito, Poirot balançou a cabeça.

O major Riddle se levantou e disse:

– Venha. Vamos interrogar as outras pessoas. Talvez a gente descubra alguma coisa.

Capítulo 6

Depois de todas as dificuldades durante o depoimento de lady Chevenix-Gore, o major Riddle sentiu um alívio considerável ao tratar com um advogado inteligente como Forbes.

O sr. Forbes foi extremamente cauteloso e prudente em suas declarações, mas todas as suas respostas foram direto ao ponto. Ele admitiu que ficou bastante chocado com o suicídio de sir Gervase, pois nunca imaginaria que um homem como ele pudesse se matar. Disse não saber de nada que pudesse ter motivado sir Gervase.

– Além de ser meu cliente, sir Gervase era um velho amigo. Conhecia-o desde criança, e ele sempre gostou de viver.

– Nessas circunstâncias, sr. Forbes, devo lhe pedir que seja bastante franco. O senhor sabia de alguma mágoa ou ansiedade que sir Gervase guardasse como segredo?

– Não. Ele tinha pequenas preocupações, como a maioria dos homens, mas não havia nada de muito sério.

– Ele não estava doente? Nenhum problema entre ele e a esposa?

– Não. Sir Gervase e lady Chevenix-Gore gostavam muito um do outro.

O major Riddle disse com bastante cuidado:

– Lady Chevenix-Gore parece acreditar em umas ideias estranhas.

O sr. Forbes abriu um sorriso forte e indulgente.

– Mas as mulheres podem ter lá suas fantasias – disse ele.

O delegado prosseguiu:

– O senhor cuidava de todas as questões jurídicas de sir Gervase?

– Sim, minha empresa, Forbes, Ogilve & Spence, presta serviços para a família Chevenix-Gore há mais de cem anos.

– E já houve algum... algum escândalo na família Chevenix-Gore?

O sr. Forbes ergueu as sobrancelhas.

– Como? Acho que não entendi.

– Monsieur Poirot, poderia mostrar ao sr. Forbes a carta que recebeu?

Em silêncio, Poirot se levantou e entregou a carta ao sr. Forbes com uma pequena reverência. Enquanto lia, suas sobrancelhas levantaram-se ainda mais.

– Muito interessante – disse ele. – Agora entendo sua pergunta. Até onde sei, não havia nada que justificasse a escrita dessa carta.

– Sir Gervase não lhe disse nada a respeito?

– Absolutamente nada. Confesso que achei bastante curioso ele tê-la escrito.

– Ele estava acostumado a lhe falar as coisas?

– Acho que ele confiava na minha opinião.

– E o senhor não faz ideia a que se refere essa carta?

– Não gostaria de tirar conclusões precipitadas.

O major Riddle percebeu a sutileza da resposta.

– Então, sr. Forbes, poderia nos dizer para quem sir Gervase deixou sua propriedade?

– Claro, não vejo nenhum problema. Para sua esposa, sir Gervase deixou uma renda anual de seis mil libras e o direito de escolher entre a casa em Dower ou a casa em Lowndes Square. Há ainda outras heranças, mas nada de grande destaque. O restante da propriedade foi deixado para sua filha adotiva, Ruth, com a condição de que o marido adote o nome da família Chevenix-Gore quando ela se casar.

– Ele não deixou nada para o sobrinho, o sr. Hugo Trent?

– Sim, uma herança de cinco mil libras.

– E suponho que sir Gervase era um homem rico?

– Extremamente rico. Além da propriedade, ele tinha uma grande fortuna. Mas, é claro, ele já foi mais abastado no passado. Praticamente todos os investimentos foram desvalorizados com o tempo. Além disso, depois de ser convencido pelo coronel Bury, ele investiu uma grande quantia em uma companhia, a Paragon Synthetic Rubber Substitute.

– Um conselho não muito sábio, não é?

O sr. Forbes suspirou.

– Ex-combatentes são as piores vítimas quando se envolvem em operações financeiras. Aprendi que a ingenuidade deles é muito maior que a das viúvas.

– Mas esses investimentos desastrosos não afetaram seriamente a renda de sir Gervase, não é?

– Não, nem tanto. Ele continuava sendo um homem rico.

– Há quanto tempo ele fez o testamento?

– Há dois anos.

Poirot murmurou:

– A estrutura do testamento não foi um pouco injusta com o sobrinho de sir Gervase, o sr. Hugo Trent? Afinal de contas, ele é o parente de sangue mais próximo.

O sr. Forbes deu de ombros.

– Deve-se levar em conta uma parte da história da família...

– Que parte?

O sr. Forbes deixou transparecer que não queria continuar falando do assunto.

O major Riddle disse:

– Não pense que queremos evocar escândalos antigos ou algo do tipo. Mas essa carta que Monsieur Poirot recebeu de sir Gervase tem de ser explicada.

– Certamente não há nada de escandaloso na explicação da atitude de sir Gervase em relação ao sobrinho – disse o sr. Forbes rapidamente. – O fato é que sir Gervase sempre levou muito a sério sua posição de chefe da família. Ele teve um irmão e uma irmã mais novos. O irmão, Anthony Chevenix-Gore, morreu na guerra. A irmã, Pamela, casou-se contra a vontade de sir Gervase. Quer dizer, ele achava que ela tinha de se casar com o consentimento e a aprovação dele. Ele achava que a família do capitão Trent não era distinta o suficiente para se associar à família Chevenix-Gore. A irmã não deu a menor bola. O resultado é que sir Gervase tinha uma propensão a não gostar de seu sobrinho, e acho que isso pode ter influenciado na sua decisão de adotar uma criança.

– Ele não tinha esperanças de ter um filho legítimo?

– Não. Eles tiveram um filho natimorto um ano depois do casamento. Os médicos disseram que lady Chevenix-Gore nunca mais poderia ter filhos. Cerca de dois anos depois, eles adotaram Ruth.

– E *quem era* a mademoiselle Ruth? Como eles se decidiram por ela?

– Acho que ela era filha de um parente distante.

– Imaginei – disse Poirot. Ele olhou para a parede com alguns retratos da família pendurados. – Percebe-se que ela tem o mesmo sangue da família, veja o nariz, o formato do queixo. São traços que se repetem nos retratos.

– E ela herdou o temperamento também – disse Forbes com indiferença.

– Posso imaginar que sim. E como ela se dava com o pai adotivo?

– Como o senhor deve estar pensando. Algumas vezes havia uma discrepância brutal entre as vontades deles, mas acredito que eles sempre entravam em harmonia depois das desavenças.

– Mas ela o deixava muito ansioso?

– Constantemente. Mas posso lhe garantir que não ao ponto de ele tirar a própria vida.

– Ah, não, isso não – concordou Poirot. – Ninguém estoura os próprios miolos por ter uma filha cabeça-dura. Então quem fica com a herança é a mademoiselle! Sir Gervase nunca pensou em alterar o testamento?

– Hum-hum! – O sr. Forbes tossiu para esconder uma certa descompostura. – Na verdade, há dois dias sir Gervase me deu instruções para redigir um novo testamento.

– Como assim? – O major Riddle aproximou sua cadeira mais um pouco. – O senhor não nos disse isso!

O sr. Forbes respondeu imediatamente:

– Mas o senhor apenas me perguntou quais eram os termos do testamento de sir Gervase, e eu lhe respondi. O novo testamento não foi redigido, muito menos assinado.

– E quais foram as instruções que ele lhe deu?

Talvez possam nos ajudar a entender o estado de espírito de sir Gervase.

– Basicamente o testamento ficaria inalterado, mas a srta. Chevenix-Gore só receberia a herança se estivesse casada com o sr. Hugo Trent.

– Agora entendo – disse Poirot. – Há uma diferença bem determinante aqui.

– Eu não aprovei a cláusula – disse Forbes. – E estou certo de que provavelmente seria contestada com sucesso. A corte não aprova legados desse tipo. Mas sir Gervase estava bem decidido.

– E se a srta. Chevenix-Gore ou o sr. Trent se recusassem a cumprir a condição?

– Se o sr. Trent não quisesse se casar com a srta. Chevenix-Gore, o dinheiro iria para ela incondicionalmente. Mas, se *ele* quisesse e *ela* recusasse, o dinheiro seria dele.

– Que negócio estranho – disse o major Riddle.

Poirot inclinou o corpo para a frente e bateu de leve na perna do advogado.

– Mas o que há por trás disso? O que sir Gervase tinha em mente quando estipulou essa condição? Deve haver algo bastante preciso... quer dizer, deve haver a imagem de um outro homem que ele não aprovasse. Acho que o senhor deve saber que homem é esse.

– Com toda a franqueza, monsieur Poirot, não tenho a menor ideia.

– Talvez um palpite?

– Eu nunca dou palpites – disse o sr. Forbes em um tom de quem se sentiu ofendido. Depois ele tirou os óculos, limpou as lentes com um lenço de seda e perguntou: – Há algo mais que queiram saber?

– No momento, não – disse Poirot. – Quer dizer, pelo menos não de minha parte.

O sr. Forbes, que parecia pouco se importar com o que Poirot disse, olhou para o delegado.

– Obrigado, sr. Forbes. Acho que isso é tudo. Gostaria agora de conversar com a srta. Chevenix-Gore, se não houver problema.

– Certamente. Ela deve estar lá em cima com lady Chevenix-Gore.

– Tudo bem, acho melhor então conversarmos primeiro com... como é mesmo o nome dele... Burrows, e depois com a pesquisadora da família.

– Os dois estão na biblioteca. Mandarei chamá-los.

Capítulo 7

– Trabalho duro, não? – disse o major Riddle quando o advogado saiu da sala. – Como é difícil tirar informação desses advogados caretas. E tudo parece girar em volta da garota.

– Sim, parece que sim.

– Burrows acaba de chegar.

Godfrey Burrows entrou com um ar disposto a ajudar. O sorriso dele parecia mais mecânico do que espontâneo: quase não abriu os lábios e exibia um discreto pesar.

– Por favor, sr. Burrows, gostaríamos de lhe fazer algumas perguntas.

– Certamente, major Riddle. Pergunte-me tudo o que quiser.

– Para começar, irei direto ao assunto: o senhor tem alguma ideia do que possa ter motivado o suicídio de sir Gervase?

– Absolutamente nenhuma, foi um grande choque pra mim.

– O senhor ouviu o tiro?

– Não. Acho que eu estava na biblioteca quando aconteceu. Eu desci bem cedo e fui para lá buscar uma referência de que precisava. A biblioteca fica exatamente do outro lado da casa em relação ao escritório, então não teria como escutar.

– O senhor estava sozinho na biblioteca? – perguntou Poirot.

– Sim, estava.

– E o senhor tem ideia de onde estavam as outras pessoas da casa naquele momento?

– Acredito que a maioria estava se arrumando no andar de cima.

– Quando o senhor veio para a sala de visitas?

– Pouco antes de monsieur Poirot chegar. Todos estavam lá, menos sir Gervase, é claro.

– E o senhor achou estranho ele não estar lá?

– Sim, na verdade, sim. Ele costumava sempre estar lá antes do primeiro sinal do gongo.

– O senhor percebeu alguma diferença no comportamento de sir Gervase nos últimos dias? Ele estava preocupado, talvez ansioso ou deprimido?

Godfrey Burrows pensou por um instante.

– Não, acredito que não... quer dizer, talvez um pouco preocupado.

– Mas ele parecia preocupado com alguma questão específica?

– Não.

– Alguma preocupação financeira?

– Ele estava bastante inquieto em relação aos negócios de uma empresa, a Paragon Synthetic Rubber.

– E o que ele disse sobre o assunto?

O sorriso mecânico de Godfrey Burrows apareceu novamente, dando a mesma impressão de artificialidade.

– Bem, na verdade ele me disse o seguinte: "O velho Bury ou é um pateta ou um salafrário. Acho que é um pateta mesmo. Mas devo ir com jeito por causa de Vanda".

– E por que ele disse *por causa de Vanda*? – perguntou Poirot.

– Veja bem, lady Chevenix-Gore gostava muito do coronel Bury, e ele a venerava. Seguia o encalço dela como um cachorro.

– Sir Gervase não sentia ciúmes?

– Ciúmes? – Burrows olhou para ele fixamente e riu. – Sir Gervase com ciúmes? Ele nem sabia o que era ciúmes. Não devia nem lhe passar pela cabeça que uma mulher pudesse preferir outro homem a ele, seria algo impensável, entende?

Poirot sugeriu:

– Acho que o senhor não gostava muito de sir Gervase, estou errado?

Burrows ficou ruborizado.

– Sim, gostava sim. Mas há algumas coisas que hoje em dia me soam bastante ridículas.

– Coisas de que tipo? – perguntou Poirot.

– Ah, questões feudais, digamos assim. Essa adoração pelos ancestrais e uma arrogância pessoal. Sir Gervase era um homem muito competente em muitos aspectos, teve uma vida interessante, mas teria sido mais bacana se não fosse tão egoísta e não achasse que o mundo girava em torno do seu próprio umbigo.

– E a filha dele concorda com o senhor a esse respeito?

Dessa vez Burrows ficou bastante vermelho.

Ele disse:

– Penso que a srta. Chevenix-Gore faz o tipo moderno. Naturalmente, eu não conversaria com ela sobre o pai.

– Mas os modernos falam *bastante* sobre seus pais! – disse Poirot. – Criticar os pais faz parte do espírito moderno!

Burrows deu de ombros.

O major Riddle perguntou:

– E não havia nenhuma outra preocupação financeira? Sir Gervase lhe falou alguma vez sobre estar sendo *enganado*?

– Enganado? – Burrows parecia muito surpreso. – Não, não.

– E o senhor se dava bem com ele?

– Com toda a certeza, por que não me daria?

– Só estou perguntando, sr. Burrows.

O jovem parecia ressentido.

– Nossa relação era muito boa.

– O senhor sabia que sir Gervase escreveu uma carta pedindo para que monsieur Poirot viesse aqui?

– Não.

– Sir Gervase costumava escrever as próprias cartas?

– Não, quase sempre ele as ditava pra mim.

– Mas não fez isso dessa vez?

– Não.

– E você sabe o motivo?

– Não faço nem ideia.

– Não consegue pensar em nenhum motivo que o levasse a escrever a carta de próprio punho?

– Não.

– Ah! – disse o major Riddle, acrescentando polidamente: – Muito curioso. Quando viu sir Gervase pela última vez?

– Pouco antes de me vestir para o jantar. Eu levei umas cartas para ele assinar.

– E como ele agiu?

– Agiu normalmente. Na verdade, acho até que ele se sentia bastante satisfeito com alguma coisa.

Poirot se mexeu um pouco na cadeira.

– É mesmo? – disse ele. – Então essa foi a sua impressão? De que ele estava satisfeito com alguma coisa. Mesmo assim, não muito tempo depois, ele se mata. Que estranho isso!

Godfrey Burrows balançou os ombros.

– Só estou lhe contando a impressão que tive.

– Sim, suas impressões são valiosíssimas. Afinal, é provável que o senhor seja a última pessoa que viu sir Gervase vivo.

– Snell foi a última pessoa que o viu.

– Ver, sim, mas não a última a falar com ele.

Burrows não disse nada.

O major Riddle perguntou:

– A que horas o senhor foi se vestir para o jantar?

– Cerca de sete e cinco.

– E o que sir Gervase fez?

– Eu o deixei no escritório.

– Quanto tempo ele costumava demorar para se trocar?

– Geralmente uns 45 minutos.

– Então, se o jantar era às oito e quinze, ele deve ter subido no máximo às sete e meia.

– É bem provável.

– E o senhor foi se trocar cedo, não é?

– Sim, pensei em me trocar e ir até a biblioteca procurar as referências que queria.

Poirot assentiu, pensativo. O major Riddle disse:

– Bem, acho que é só isso por enquanto. O senhor poderia chamar a srta... qual é mesmo o nome dela?

A srta. Lingard entrou na sala quase na mesma hora. Ela se sentou, e as diversas correntes que usava tilintaram um pouco. Depois, olhou curiosa para os dois homens.

– Tudo isso é muito... triste, srta. Lingard – começou o major Riddle.

– Sim, muito triste – disse ela com decoro.

– Quando a senhorita veio para esta casa?

– Há mais ou menos dois meses. Sir Gervase escreveu para o coronel Fotheringway, um amigo dele do museu, que me indicou para o trabalho. Já fiz muitos trabalhos de pesquisa histórica.

– A senhorita achava difícil trabalhar com sir Gervase?

– Não, com certeza não. É claro que de vez em quando eu precisava ceder aos caprichos dele. Mas depois descobri que isso acontece com todos os homens.

Com uma leve sensação de que a srta. Lingard talvez estivesse agindo da mesma maneira naquele momento, o major Riddle prosseguiu:

– Seu trabalho aqui era ajudar sir Gervase a escrever um livro?

– Sim.

– E o que o seu trabalho envolvia?

Por um instante a srta. Lingard pareceu bastante humana. Os olhos dela brilharam enquanto respondia:

– Bem, na verdade, estávamos escrevendo um livro! Eu pesquisava informações, tomava notas e organizava o material. Depois revisava o que sir Gervase tinha escrito.

– Mademoiselle deve ter exercitado muito o seu tato – disse Poirot.

– Tato e firmeza, as duas coisas – disse a srta. Lingard.

– Sir Gervase não se ofendia com a sua... é... firmeza?

– Não, de jeito nenhum. Obviamente eu o fazia entender que ele não deveria se preocupar com detalhes muito pequenos.

– Ah, entendo.

– Era bem simples, na verdade – disse ela. – Era muito fácil lidar com sir Gervase, desde que da maneira certa.

– Então, a senhorita sabe de alguma coisa que possa esclarecer essa tragédia?

A srta. Lingard balançou a cabeça.

– Infelizmente, não. Ele não costumava me falar muitas coisas, eu era praticamente uma estranha. De todo modo, acho que ele era orgulhoso demais para conseguir falar dos problemas da família com qualquer pessoa.

– Mas a senhorita acha que ele se matou por *problemas de família*?

A srta. Lingard parecia um pouco surpresa.

– Mas é claro! Há mais alguma hipótese?

– A senhorita tem certeza de que ele estava preocupado com problemas de família?

– Sei que ele andava muito aflito.

– Tem certeza?

– Sim, é claro.

– Mademoiselle, vocês conversaram sobre o assunto?

– Não diretamente.

– O que ele disse?

– Deixe me ver... Percebi que ele parecia não estar entendendo o que eu dizia...

– Desculpe interrompê-la, *pardon*. Quando foi isso?

– Hoje à tarde. Costumávamos trabalhar das três às cinco.

– Por favor, continue.

– Então, parecia que sir Gervase estava com dificuldades para se concentrar... ele disse isso, na verdade, e também que havia questões bem sérias martelando em sua cabeça. E ele disse alguma coisa assim: "É terrível, srta. Lingard, quando a desonra recai sobre uma das famílias mais orgulhosas de si na face da terra". Mas, é claro, não me lembraria das palavras exatas.

– E o que a senhorita disse?

– Só disse algo para tranquilizá-lo, talvez que a desvantagem de toda família grandiosa é ter suas fraquezas, mas que raramente elas são lembradas no futuro.

– E isso teve o efeito tranquilizante que a senhorita esperava?

– Mais ou menos. Nós voltamos a falar de sir Roger Chevenix-Gore. Descobri uma menção importante sobre ele em um manuscrito recente. Mas a atenção de sir Gervase se dispersou de novo. Por fim, ele disse que não queria trabalhar mais hoje porque tinha tido um choque.

– Um choque?

– Sim, foi o que ele disse. É claro que não perguntei nada, disse apenas que sentia muito. Foi então que ele me pediu para avisar a Snell que monsieur Poirot estava chegando e que atrasasse o jantar para as oito e quinze e mandasse buscá-lo de carro no trem que chegaria às sete e cinquenta.

– Ele costumava lhe pedir esse tipo de coisa?

– Não, na verdade quem cuidava disso era o sr. Burrows. Eu só trabalhava com o livro, não fazia nenhum trabalho como secretária.

Poirot perguntou:

– A senhorita acha que ele lhe pediu isso por um motivo específico, em vez de falar com o próprio sr. Burrows?

A srta. Lingard pensou por um momento.

– Talvez sim... não pensei nisso na hora. Achei que fosse apenas uma questão de conveniência. Na verdade, pensando agora no assunto, ele também me pediu para *não contar* a ninguém que monsieur Poirot estava a caminho. Deveria ser uma surpresa, disse ele.

– Ah, ele disse isso? Muito curioso, interessante. E a senhorita *contou* para alguém?

– De modo algum, monsieur Poirot. Falei com Snell sobre o jantar e pedi que enviasse o motorista para apanhar um cavalheiro que estava chegando de trem.

– Sir Gervase disse mais alguma coisa que possa ter sido relevante?

A srta. Lingard pensou um pouco.

– Não, acho que não, ele estava muito ansioso, lembro-me que, quando eu estava saindo, ele disse: "Não que seja bom ele chegar agora... é tarde demais".

– E a senhorita tem alguma ideia do que ele quis dizer com isso?

– N-não.

A negativa simples trazia a mais tênue suspeita de indecisão. Poirot repetiu, franzindo a testa:

– "Tarde demais". Foi isso o que ele disse, "tarde demais"?

O major Riddle disse:

– A senhorita não tem nenhum palpite do que haveria por trás da angústia de sir Gervase?

A srta. Lingard insinuou:

– Eu desconfio que deveria ter alguma coisa a ver com o sr. Hugo Trent.

– Hugo Trent? Por que pensa assim?

– Bom, não posso dizer com certeza, mas ontem à tarde, quando falávamos sobre sir Hugo de Chevenix, um homem que desconfio não ter agido com tanto caráter na Guerra das Rosas, sir Gervase disse: "Minha irmã *escolheu* chamar o filho de Hugo, um nome que sempre foi desagradável na nossa família. Ela deveria saber que nada de bom resultaria de um Hugo".

– O que a senhorita diz é bastante sugestivo – disse Poirot. – Sim, agora tenho uma nova ideia da situação.

– Sir Gervase não disse nada mais claro que isso? – perguntou o major Riddle.

A srta. Lingard negou com a cabeça.

– Não, e eu também não ousaria perguntar. Na verdade, ele estava falando sozinho, não comigo.

– Sim, concordo.

Poirot disse:

– Mademoiselle, a senhorita, uma estranha, passou dois meses aqui. Acho que seria muito útil se nos dissesse francamente quais são suas impressões sobre a família e os negócios domésticos.

A srta. Lingard tirou o pincenê e piscou os olhos, reflexiva.

– Bom, em primeiro lugar, sendo bem franca, senti como se tivesse entrado direto num hospício! Era lady Chevenix-Gore vendo coisas que não existiam, e sir Gervase se comportando como rei, dramatizando seus atos o tempo todo... Realmente pensei que os dois eram o casal mais esquisito que já tinha visto em toda a minha vida. A srta. Chevenix-Gore era completamente normal, e logo descobri que lady Chevenix-Gore era uma pessoa muito gentil e agradável. Ninguém seria mais gentil e agradável comigo do que ela. Quanto a sir Gervase, bem, eu realmente acho que ele *era* louco. Sua egomania, não sei se é assim mesmo que se diz, estava piorando a cada dia.

– E os outros?

– Imagino que o sr. Burrows passava momentos bem difíceis com sir Gervase, e deve ter ficado contente porque nosso trabalho no livro lhe dava mais espaço para respirar. O coronel Bury sempre foi encantador. Gostava muito de lady Chevenix-Gore e tratava sir Gervase muito bem. O sr. Trent, o sr. Forbes e a srta. Cardwell estavam aqui há poucos dias, então não posso falar muito.

– Obrigado, mademoiselle. E quanto ao capitão Lake, o agente?

– Ah, ele é muito gentil. Todos gostam dele.

– Inclusive sir Gervase?

– Sim. Sir Gervase disse uma vez que Lake era o melhor agente que ele já teve. É claro, o capitão Lake tinha lá seus momentos com sir Gervase, mas lidava muito bem com tudo de modo geral. Não era fácil.

Poirot assentiu, pensativo, depois murmurou:

– Eu tinha uma coisa pra lhe perguntar... mas acho que... o que era mesmo?

A srta. Lingard olhou para ele pacientemente.

Poirot balançou a cabeça, aborrecido.

– Tsc, está na ponta da língua.

O major Riddle esperou um minuto e, como Poirot continuava franzindo a testa, ele prosseguiu com as perguntas:

– Quando foi a última vez que a senhorita viu sir Gervase?

– Na hora do chá, aqui mesmo nesta sala.

– E como ele estava se comportando? Normal?

– Do mesmo jeito de sempre.

– E havia algum tipo de tensão entre as pessoas?

– Não, acho que todos agiam como o habitual.

– Para onde sir Gervase foi depois do chá?

– Ele e o sr. Burrows foram para o escritório, como costumavam fazer.

– Esta foi a última vez que a senhorita o viu?

– Sim. Depois fui para a sala onde eu trabalhava e datilografei um capítulo do livro usando as notas que revisei com sir Gervase. Saí de lá às sete e fui descansar no andar de cima antes de me vestir para o jantar.

– E suponho que a senhorita tenha ouvido o tiro?

– Sim, ouvi o que parecia um tiro e fui direto para o hall de entrada. O sr. Trent e a srta. Cardwell estavam lá. O sr. Trent perguntou a Snell se haveria champanhe para o jantar e fez uma piada sobre isso. Sequer passou pela nossa cabeça levar o barulho a sério, achamos que era o cano de descarga de um carro.

Poirot disse:

– A senhorita escutou o sr. Trent dizer que "sempre há um assassinato"?

– Acho que ele disse algo do tipo, brincando, é claro.

– E o que aconteceu depois?

– Todos viemos para cá.

– A senhorita consegue se lembrar da ordem de chegada das pessoas para o jantar?

– A srta. Chevenix-Gore foi a primeira, eu acho, depois o sr. Forbes. Logo em seguida chegaram juntos o coronel Bury e lady Chevenix-Gore, e logo depois o sr. Burrows. Acho que a ordem foi essa, mas não sei dizer ao certo porque todos chegaram praticamente juntos.

– Vieram depois do primeiro sinal do gongo?

– Sim. Todos se apressavam quando o gongo soava. Sir Gervase insistia muito com a pontualidade nesse horário.

– Ele costumava descer a que horas?

– Ele costumava já estar na sala quando o primeiro sinal era dado.

– E a senhorita ficou surpresa por ele não estar aqui nessa ocasião?

– Bastante.

– É isso! – gritou Poirot.

Os dois olharam espantados para ele, que disse em seguida:

– Lembrei o que queria perguntar. Hoje à noite, mademoiselle, quando todos fomos até o escritório depois de Snell ter dito que a porta estava trancada, a senhorita parou e apanhou alguma coisa no chão.

– Eu parei? – disse ela, parecendo bastante surpresa.

– Sim, logo que entramos no corredor para o escritório. Uma coisa pequena e brilhante.

– Que incrível, não me lembro! Ah, espere um minuto, eu me lembro sim! Deve estar aqui.

Ela abriu a bolsa de cetim e despejou as coisas sobre uma mesa.

Poirot e o major Riddle observaram, interessados. Havia dois lenços, um pó de arroz, um pequeno molho de chaves, um estojo de óculos e um outro objeto que Poirot apanhou imediatamente.

– Uma bala, que coisa! – exclamou o major Riddle.

O objeto na verdade tinha a forma de uma bala, mas era uma pequena lapiseira.

– Foi isto que eu apanhei – disse a srta. Lingard. – Eu me esqueci completamente.

– A senhorita sabe de quem é isso?

– Sim, é do coronel Bury. Ele mandou fazer com uma bala que o acertou, quer dizer, que não o acertou na Segunda Guerra dos Boers.

– E a senhorita sabe quando ele a perdeu?

– Quando cheguei para tomar chá, eles estavam jogando bridge. Ele usava a lapiseira para anotar a pontuação.

– Quem estava jogando?

– O coronel Bury, lady Chevenix-Gore, o sr. Trent e a srta. Cardwell.

– Acho que ficaremos com isso e devolveremos depois para o coronel – disse Poirot gentilmente.

– Ah, sim, por favor. Eu sou tão esquecida, talvez nem me lembrasse.

– Mademoiselle, poderia fazer a gentileza de chamar o coronel Bury?

– Sim, farei isso agora mesmo.

Ela saiu rapidamente. Poirot se levantou e começou a vagar de um lado para o outro da sala.

– Começamos a reconstruir o que aconteceu hoje à tarde – disse ele. – Às duas e meia, sir Gervase resolve a contabilidade com o capitão Lake. *Ele está levemente preocupado.* Às três, fala do livro com a srta. Lingard. *Está bem angustiado.* A srta. Lingard associa essa angústia ao sr. Hugo Trent por causa de uma observação casual. Na hora do chá, *o comportamento dele é normal.* Depois do chá, segundo Godfrey Burrows, *ele está bem-humorado.* Faltando cinco minutos para as oito, ele desce, vai para o escritório, escreve "sinto muito" numa folha de papel e se mata.

Riddle respondeu:

– Entendo o que quer dizer. Não faz muito sentido.

– Uma estranha alteração nos humores de sir Gervase Chevenix-Gore. Ele está preocupado, seriamente transtornado, normal e depois bem-humorado! Há alguma coisa curiosa aqui. E há ainda o que ele disse, que eu chegaria aqui "tarde demais". Bem, isso é verdade. Eu *cheguei* tarde demais... *para vê-lo vivo.*

– Entendo. Você acha mesmo que...

– O que sei é que nunca saberei por que sir Gervase pediu que eu viesse!

Poirot ainda estava andando pela sala. Ele arrumou um ou dois objetos no consolo da lareira, examinou uma mesinha de carteado encostada na parede, abriu a gaveta e olhou a marcação dos pontos de bridge. Depois deu a volta por uma escrivaninha e olhou o cestinho de lixo, que só tinha um saco de papel. Poirot pegou o cesto, cheirou e murmurou "laranjas" antes de desamassar o saco. Estava escrito na frente "Frutas Carpenter & Sons, Hambourgh St. Mary". Ele estava dobrando o papel primorosamente quando o coronel Bury entrou na sala.

Capítulo 8

O coronel se jogou numa cadeira, balançou a cabeça, suspirou e disse:

– Que coisa terrível, Riddle. Lady Chevenix-Gore está sendo maravilhosa, maravilhosa. Grande mulher, cheia de coragem!

Recostando-se levemente na cadeira, Poirot disse:

– O senhor a conhece há muitos anos, acredito?

– Sim, na verdade eu estive no baile de debutantes dela. Ela usava um botão de rosa no cabelo e um vestido felpudo... Ninguém conseguiu superá-la naquele dia.

A voz dele estava cheia de entusiasmo. Poirot ergueu a lapiseira e mostrou para ele.

– Isto aqui é seu, não é?

– Como? Ah, obrigado, perdi isso hoje à tarde enquanto jogávamos bridge. Impressionante, consegui ganhar três partidas seguidas.

– O senhor estava jogando bridge antes do jantar, não é? – disse Poirot. – Como sir Gervase agiu quando chegou para o chá?

– De maneira bastante comum. Jamais imaginaria que ele estava planejando se matar. Pensando bem, talvez estivesse um pouco mais irritadiço do que o usual.

– Quando o viu pela última vez?

– Na hora do chá, foi a última vez que vi o camarada vivo.

– E o senhor não foi até o escritório depois do chá?

– Não, não o vi depois disso.

– A que horas desceu para o jantar?

– Depois do primeiro sinal do gongo.

– O senhor desceu junto com lady Chevenix-Gore?

– Não, quer dizer, nós nos encontramos no hall de entrada. Acho que ela tinha ido à sala de jantar para conferir as flores ou algo do tipo.

O major Riddle disse:

– Espero que não se importe, coronel Bury, se eu lhe fizer uma pergunta pessoal. O senhor e sir Gervase tinham algum problema em relação à companhia Paragon Synthetic Rubber?

O rosto de Bury de repente ficou vermelho. Ele gaguejou um pouco.

– Não, não, de jeito nenhum. O velho Gervase era um sujeito pouco razoável, lembre-se disso. Ele sempre esperava que tudo que tocasse virasse ouro! Parecia não perceber que o mundo inteiro passava por uma espécie de crise, que todas as bolsas e ações estavam sendo afetadas.

– Então *havia* um certo problema entre vocês?

– Problema nenhum, somente a falta de razão de Gervase!

– Ele o culpou por ter sofrido alguma perda nos investimentos?

– Gervase não era normal! Vanda sabia disso, mas sempre conseguiu lidar com ele. Eu me contentava em deixar tudo nas mãos dela.

Poirot tossiu, e o major Riddle, depois de olhar para ele, mudou de assunto.

– Pelo que sei, o senhor é um velho amigo da família, coronel Bury. O senhor tem ideia de para quem sir Gervase deixou a herança?

– Bem, imagino que a maior parte fique com Ruth. Pelo menos foi isso que concluí a partir do que Gervase dizia.

– E não acha que isso seria injusto com Hugo Trent?

– Gervase não gostava de Hugo, mal conseguia suportá-lo.

– Mas ele tinha um sentimento forte pela família. Afinal de contas, a srta. Chevenix-Gore era apenas sua filha adotiva.

O coronel Bury hesitou e depois de gaguejar um pouco, disse:

– Olha, acho melhor eu lhe contar uma coisa. Estritamente confidencial, veja bem.

– É claro.

– Ruth é adotada, mas ela é uma legítima Chevenix-Gore. É filha de Anthony, irmão de Gervase, que morreu na guerra. Parece que ele teve um caso com uma datilógrafa. Quando ele morreu, a moça escreveu para Vanda, que foi visitá-la quando ela ainda estava grávida. Vanda e Gervase assumiram a criança, pois tinham acabado de saber que Vanda não poderia mais ter filhos. Eles adotaram a menina legalmente logo que nasceu. A mãe renunciou a todos os direitos. Eles trouxeram Ruth para cá como filha deles, e, para todos os efeitos, ela *é* filha deles, basta olhar para ela para perceber que é uma Chevenix-Gore!

– Sim, compreendo – disse Poirot. – Isso torna bem mais clara a atitude de sir Gervase. Mas, se ele não gostava do sr. Hugo Trent, por que queria tanto que ele se casasse com mademoiselle Ruth?

– Para regulamentar a posição da família. Era algo que se encaixava muito bem no que ele considerava ser conveniente.

– Ainda que ele não gostasse ou confiasse no jovem?

O coronel Bury bufou.

– O senhor não entende o velho Gervase. Ele não encarava as pessoas como seres humanos. Providenciava casamentos como se as pessoas fossem personagens da realeza! Ele achava apropriado que Ruth e Hugo se casassem para que Hugo adotasse o nome da família Chevenix-Gore. O que Hugo e Ruth pensavam não era importante.

– E mademoiselle Ruth queria o casamento?

O coronel Bury deu uma gargalhada.

– De jeito nenhum! Ela é uma fera.

– O senhor sabia que, antes de morrer, sir Gervase estava redigindo um novo testamento no qual a srta. Chevenix-Gore só receberia a herança se fosse casada com o sr. Trent?

O coronel Bury assobiou.

– Então ele estava mesmo incomodado em relação a ela e Burrows...

Bury tentou engolir as palavras de imediato, mas já era tarde. Poirot atacou exatamente no que Bury havia revelado.

– Havia alguma coisa entre mademoiselle Ruth e monsieur Burrows?

– Provavelmente nada... nada de importante.

O major Riddle tossiu e disse:

– Acho que o senhor deve nos dizer tudo o que sabe, coronel Bury. Talvez isso esteja diretamente ligado ao estado de espírito de sir Gervase.

– Suponho que sim – disse o coronel Bury, ainda hesitante. – Bem, a verdade é que o jovem Burrows não é um rapaz de má aparência, pelo menos as mulheres acham. Ultimamente, ele e Ruth andavam muito grudados, e Gervase não gostava nada disso. Mas também não queria demitir Burrows por ter medo de precipitar as coisas. Ele sabia como era Ruth, ela não aceitaria ordens dele. Então acho que ele pode ter concluído alguma coisa. Ruth não é o tipo de garota que sacrificaria tudo por amor. Ela gosta de luxos e de dinheiro.

– E o senhor aprova o sr. Burrows?

O coronel disse que achava Godfrey Burrows um verdadeiro pé-rapado. Poirot ficou completamente confuso com a declaração, mas o major Riddle deu um sorrisinho sarcástico.

Os dois fizeram mais algumas perguntas, e depois o coronel Bury saiu da sala.

Riddle olhou para Poirot, que estava quieto em seus pensamentos.

– O que entende disso tudo, monsieur Poirot?

O pequeno belga levantou as mãos.

– Acho que vejo um padrão, algo bem intencional.

– Difícil – disse Riddle.

– Sim, é difícil. Mas a cada instante vejo mais significado numa frase dita com muita sutileza.

– Que frase?

– Aquela piadinha feita por Hugo Trent, "sempre há um assassinato"...

Riddle disparou:

– Sim, eu percebi que você estava intrigado com isso o tempo todo.

– Você não concorda, meu caro, que, quanto mais sabemos sobre o caso, menos há um motivo para suicídio? Estamos começando a reunir vários motivos que levariam a um assassinato.

– Mas não podemos nos esquecer dos fatos: porta fechada, chave no bolso do morto. Eu sei que sempre há um jeitinho, como usar um grampo, um alfinete... acho que seria *possível*... mas essas coisas costumam dar certo? Isso é o que me deixa muito em dúvida.

– De todo modo, vamos pensar pela perspectiva de assassinato, e não de suicídio.

– Ah, tudo bem. Como *você* está em cena, provavelmente *seria* assassinato.

Poirot sorriu por um instante.

– Não sei se gosto muito dessa observação.

Depois voltou a ficar sério.

– Vamos pensar a partir do ponto de vista do assassinato. Ouve-se o tiro, quatro pessoas estão no hall de entrada, srta. Lingard, Hugo Trent, srta. Cardwell e Snell. Onde estão todos os outros?

"Burrows diz que estava na biblioteca, mas ninguém confirmou. Os outros provavelmente estavam em seus quartos, mas como saberemos onde estavam de fato? Parece que todos desceram separadamente, inclusive lady Chevenix-Gore e Bury, que se encontraram no hall de entrada. Lady Chevenix-Gore veio da sala de jantar. E Bury, veio de onde? Não seria possível que tivesse vindo não do andar de cima, mas do *escritório*? E a lapiseira?

"A lapiseira é importante. Ele não demonstrou nada quando falei dela, talvez por não saber onde eu a encontrei, ou ainda por não saber que a perdeu. Veja bem, quem mais estava jogando bridge quando a lapiseira foi usada? Hugo Trent e a srta. Cardwell, mas eles estão fora disso, pois a srta. Lingard e o mordomo podem confirmar o álibi deles. A quarta pessoa era lady Chevenix-Gore."

– Mas não podemos suspeitar dela dessa forma.

– E por que não, meu amigo? Estou lhe dizendo, eu suspeito de todos! Suponha que, apesar de gostar muito do marido, na verdade quem ela ama é Bury?

– Hum – disse Riddle. – De certa forma estaria acontecendo uma espécie de *ménage à trois* há anos.

– E ainda há um problema em relação a esse negócio de sir Gervase e coronel Bury.

– É verdade que sir Gervase talvez estivesse começando a se tornar verdadeiramente desagradável. Nós não sabemos dos detalhes. E talvez por isso ele tenha lhe chamado. Digamos que sir Gervase suspeitasse que Bury o tivesse enganado, mas não queria causar alarde porque talvez sua esposa estivesse envolvida nisso. Sim, é possível. Isso dá aos dois um motivo possível para o assassinato. E é *mesmo* um pouco estranho que lady Chevenix-Gore tenha encarado a morte do marido de forma tão natural. Todo esse devaneio espiritual pode ser uma encenação!

– Mas ainda há uma outra complicação – disse Poirot. – A srta. Chevenix-Gore e Burrows. Era do interesse dos dois que sir Gervase não assinasse o novo testamento. Afinal, a condição era de que ela herdasse tudo desde que o marido adotasse o nome da família...

– Sim, e o relato de Burrows sobre a atitude de sir Gervase hoje à tarde é um pouco suspeito. Bem-humorado, satisfeito com tudo! Isso não bate com nada do que nos disseram.

– E não se esqueça do sr. Forbes. Muito correto, muito rigoroso, trabalha numa firma bem-estabelecida. Mas os advogados, até mesmo os mais respeitáveis, são conhecidos por desviar o dinheiro dos clientes quando estão em apuros.

– Estou impressionado com você, Poirot.

– Talvez você ache que minha sugestão lembre o que acontece nos filmes... mas a vida, major Riddle, às vezes é surpreendentemente parecida com eles.

– E tem sido assim em Westshire – disse o delegado. – Não acha melhor terminarmos de interrogar as outras pessoas? Está ficando tarde. Ainda não falamos com Ruth Chevenix-Gore, e talvez ela seja a peça mais importante de todas.

– Concordo. Também precisamos falar com a srta. Cardwell. Talvez seja melhor falarmos com ela primeiro, pois será rápido, e por último conversamos com a srta. Chevenix-Gore.

– Ótima ideia.

Capítulo 9

Poirot havia olhado rapidamente para Susan Cardwell naquela noite, mas agora estava prestando mais atenção na moça. Um rosto inteligente, pensou ele; não necessariamente belo, mas com um elemento de atração que causaria inveja em qualquer moça comum. O cabelo dela era suntuoso, e o rosto perfeitamente maquiado. Os olhos, pensou ele, eram atentos. Depois de algumas perguntas iniciais, o major Riddle disse:

– A senhorita é amiga íntima da família?

– Eu não os conheço, na verdade. Só fui convidada por causa de Hugo.

– Então a senhorita é amiga de Hugo Trent?

– Sim, sou a namorada dele. – Ela sorriu enquanto dizia as palavras.

– Vocês se conhecem há muito tempo?

– Não, há mais ou menos um mês.

Ela fez uma pausa e acrescentou:

– Estamos quase ficando noivos.

– E ele a trouxe até aqui para que conhecesse a família?

– Não, de jeito nenhum. Nós mantínhamos tudo em segredo. Eu só vim aqui para reconhecer a área. Hugo me disse que a casa mais parecia um hospício, então achei melhor eu mesma vir olhar. Hugo, pobrezinho, é um doce, mas não tem cérebro nenhum. A situação era bem crítica, veja bem. Nem eu, nem Hugo, temos dinheiro, e o velho Gervase, que era a principal esperança de Hugo, queria muito que ele e Ruth se casassem. Hugo é meio fraco, entende? Ele poderia concordar em se casar contando em depois se livrar do casamento.

– E a ideia não lhe era muito agradável, mademoiselle? – perguntou Poirot com sutileza.

– De jeito nenhum. Ruth poderia passar a agir de maneira estranha e se recusar a dar o divórcio. Eu tinha os pés no chão. Ele só entraria na igreja de St. Paul, em Knightsbridge, se a noiva, de branco e nervosa, fosse eu.

– Então veio aqui para analisar a situação?

– Sim.

– *Eh bien!* – disse Poirot.

– Bem, então ficou claro que Hugo estava certo! A família inteira era louca! Com exceção de Ruth, que parece perfeitamente sensata. Ela está namorando e também não estava nada interessada no casamento.

– A senhorita se refere a monsieur Burrows?

– Burrows? Claro que não. Ruth não se interessaria por um fingido como ele.

– Então com quem ela está namorando?

Susan Cardwell fez uma pausa, pegou um cigarro, acendeu e prosseguiu:

– Acho melhor o senhor perguntar a ela. Afinal de contas, não tenho nada com isso.

O major Riddle perguntou:

– Quando a senhorita viu sir Gervase pela última vez?

– Durante o chá.

– E o comportamento dele lhe pareceu estranho de alguma forma?

A moça deu de ombros.

– Não mais que o usual.

– E o que fez depois do chá?

– Joguei bilhar com Hugo.

– E não viu sir Gervase de novo?

– Não.

– E quanto ao tiro?

– Aquilo foi muito estranho. Eu pensei ter ouvido o primeiro gongo, então me vesti depressa e saí do quarto e, quando ouvi o que pensei ser o segundo gongo, desci correndo pelas escadas. Hugo disse que, se eu me atrasasse um minuto para o jantar na minha primeira noite aqui, seria o fim das nossas chances com o velho, então corri igual um coelho. Hugo estava bem na minha frente quando ouvimos um estouro. Ele achou que fosse um champanhe, mas Snell disse que não. Eu não achei mesmo que viesse da sala de jantar. A srta. Lingard achou que o barulho vinha do andar de cima, mas acabamos concordando que se tratava de um carro. Depois fomos todos para a sala de estar e esquecemos do assunto.

– Em algum momento a senhorita pensou que sir Gervase tivesse se matado?

– Mas como eu poderia pensar numa coisa dessas? O velho parecia estar satisfeito com toda sua arrogância. Nunca pensaria que poderia fazer uma coisa dessas, e mal consigo imaginar o motivo. Acho que foi porque ele era louco.

– Um acontecimento infeliz.

– Muito, para mim e para Hugo. Descobri que ele não deixou nada, ou quase nada para Hugo.

– Quem lhe disse isso?

– Hugo perguntou para o velho Forbes.

– Bem, srta. Cardwell. – O major Riddle fez uma pequena pausa. – Acho que isso é tudo. Será que a srta. Chevenix-Gore está se sentindo bem a ponto de vir aqui falar conosco?

– Acredito que sim, vou falar com ela.

Poirot interviu.

– Só um instante, mademoiselle. A senhorita já viu isso antes? – perguntou ele, mostrando-lhe a lapiseira em formato de bala.

– Ah, sim, nós a usamos hoje enquanto jogávamos bridge. Acho que deve ser do coronel Bury.

– Ele ficou com ela quando o jogo acabou?

– Não tenho a menor ideia.

– Obrigado, mademoiselle. Isso é tudo.

– Certo, vou falar com Ruth.

Ruth Chevenix-Gore entrou na sala como uma rainha. A pele dela estava reluzente, e a cabeça, erguida. Mas os olhos dela, assim como os de Susan Cardwell, estavam atentos. Ela estava com o mesmo vestido que usava quando monsieur Poirot chegou, em um tom amarelo-alaranjado, com uma rosa presa no ombro. Há uma hora ela estava fresca e exuberante, mas naquele momento já havia murchado.

– E então? – disse Ruth.

– Sinto muito em lhe incomodar – começou o major Riddle.

Ela o interrompeu.

– Mas o senhor precisa me incomodar, bem como a todos os outros. Mas posso economizar seu tempo. Não tenho a menor ideia do motivo que levou o velho a se matar. Tudo que posso dizer é que isso não combinava nada com ele.

– E a senhorita percebeu algo de errado nele hoje? Ele estava deprimido, ou muito irritado, alguma coisa estava anormal?

– Acredito que não, mas também não prestei atenção...

– Quando o viu pela última vez?

– Na hora do chá.

Poirot disse:

– A senhorita não foi até o escritório depois?

– Não. A última vez que o vi foi nesta sala. Sentado ali.

Ela apontou para uma cadeira.

– Entendo. A senhorita conhece esta lapiseira?

– É do coronel Bury.

– Viu ela por aí ultimamente?

– Não que eu me lembre.

– E sabe de alguma desavença entre sir Gervase e o coronel Bury?

– Você quer dizer em relação à companhia Paragon Rubber?

– Sim.

– Acho que sim. O velho estava furioso com isso!
– Você diria que ele estava sendo enganado?
Ruth deu de ombros.
– Posso lhe fazer uma pergunta, mademoiselle, um pouco impertinente?
– Claro, fique à vontade.
– É que... a senhorita está triste... com a morte do seu pai?
Ela olhou fixo para ele.
– É claro que estou. Só não sou de ficar soluçando. Mas sentirei a falta dele, gostava muito do velho. Era assim que Hugo e eu o chamávamos o tempo todo. O "velho", sabe, lembra uma coisa meio antiga, patriarcal, dos primatas. Parece desrespeitoso, mas há muito carinho por trás disso. Mas, é claro, ele era realmente o velho mais confuso e rabugento da face da terra!
– Interessante o que diz, mademoiselle.
– O velho tinha o cérebro de uma ervilha! Desculpe dizer isso, mas é verdade. Ele era incapaz de executar qualquer tarefa intelectual. Veja bem, ele era um personagem. Extremamente corajoso e tudo o mais. Poderia seguir numa expedição ao polo, ou lutar em duelos. Eu até acho que ele se vangloriava tanto porque, na verdade, sabia que seu cérebro não valia nada. Qualquer um conseguiria dobrá-lo.
Poirot retirou a carta do bolso.
– Leia isto, mademoiselle.
Ela leu a carta e devolveu para ele.
– Então é por isso que o senhor está aqui!
– A carta lhe sugere alguma coisa?
Ela balançou a cabeça.
– Não. Mas é bem verdade que qualquer um poderia roubar do velhinho. John diz que o último agente roubou dele de todos os jeitos. Entende, o velho era tão imponente e tão pretensioso que, na verdade, nunca se

rebaixava para olhar os detalhes. Ele era um chamariz para os trapaceiros.

– Suas impressões sobre ele são bem diferentes das demais, mademoiselle.

– Ah, sim, ele usava um ótimo disfarce. Vanda, minha mãe, apoiava-o em tudo. Ele adorava andar por aí fingindo ser o todo-poderoso. É por isso que, de certo modo, fico contente por ele ter morrido. Foi melhor pra ele.

– Acho que não entendi, mademoiselle.

Ruth disse, meio taciturna.

– Ele estava ficando cada vez mais louco, qualquer dia desses iria acabar sendo internado... As pessoas já estavam comentando sobre isso.

– A senhorita sabia que ele estava preparando outro testamento no qual você só receberia a herança se fosse casada com o sr. Trent?

Ela gritou:

– Mas que absurdo! De todo modo, tenho certeza de que a lei não permitiria isso, não se pode impor um casamento às pessoas desse jeito.

– Se ele tivesse realmente assinado esse testamento, a senhorita teria cumprido com as condições, mademoiselle?

Ela fixou o olhar.

– Eu... Eu...

E desatou a chorar. Durante dois ou três minutos ela permaneceu sentada, irresoluta, de cabeça baixa, olhando para o pé que ela balançava. Um resquício de barro se soltou do salto e caiu no tapete.

De repente Ruth Chevenix-Gore disse:

– Esperem!

Ela se levantou e saiu correndo da sala. Depois voltou quase imediatamente com o capitão Lake ao seu lado.

– Eu precisava contar – disse ela quase sem fôlego. – É melhor que saibam de uma vez. John e eu nos casamos em Londres há três semanas.

Capítulo 10

O capitão Lake era o mais envergonhado dos dois.

– Mas é uma grande surpresa, srta. Chevenix-Gore... quer dizer, sra. Lake – disse o major Riddle. – Ninguém sabia do casamento?

– Não, nós guardamos segredo absoluto. John não gostava muito disso.

Lake disse gaguejando um pouco:

– Eu... Eu sei que essa é uma forma nada agradável de resolver as coisas. Eu deveria ter ido direto a sir Gervase...

Ruth interrompeu.

– E dizer que queria se casar com a filha dele? Ele te chutaria para fora, provavelmente eu seria deserdada, a casa viraria um inferno generalizado e ainda diríamos a ele como nos comportamos bem! Acredite, fizemos o que era melhor e já está feito. Ainda haveria uma briga de qualquer jeito, mas ele acabaria mudando de ideia.

Lake ainda parecia descontente. Poirot perguntou:

– Quando vocês pretendiam dar a notícia a sir Gervase?

Ruth respondeu:

– Eu estava preparando o terreno. Ele estava suspeitando da gente, então fingi que minhas atenções estavam voltadas para Godfrey. É claro que ele ficaria furioso com uma situação dessas, então descobri que a notícia do meu casamento com John seria quase um alívio!

– Alguém sabia desse casamento?

– Sim, eu acabei contando para Vanda. Queria que ela ficasse do meu lado.

– E ela ficou do seu lado?

– Sim. Veja bem, ela não gostava da ideia do meu casamento com Hugo, talvez por ele ser meu primo. Acho que ela já considerava a família meio doida, então temia que tivéssemos filhos doidos também. Isso seria um absurdo, porque eu sou adotada, não é? Acho que não passo de uma parenta bem distante.

– A senhorita tem certeza de que sir Gervase não suspeitava de nada?

– Não, de nada.

Poirot disse:

– Isso é verdade, capitão Lake? Quando conversou com sir Gervase hoje à tarde, tem certeza de que ele nem tocou no assunto?

– Não, senhor, não disse nada.

– Porque veja só, capitão, há evidências que mostram que sir Gervase estava extremamente irritado depois dessa conversa, e que falou uma ou duas vezes na desonra da família.

– O assunto não foi mencionado – repetiu Lake. O rosto dele empalideceu bastante.

– Essa foi a última vez que viu sir Gervase?

– Sim, eu já havia dito isso.

– Onde o senhor estava às oito e oito da noite?

– Onde eu estava? Na minha casa. No final do vilarejo, há mais ou menos um quilômetro daqui.

– E não esteve nas proximidades de Hamborough Close naquela hora?

– Não.

Poirot virou-se para a moça.

– Onde estava, mademoiselle, quando seu pai se matou?

– No jardim.

– No jardim? E ouviu o tiro?

– Ouvi, sim. Mas nem pensei no assunto. Pensei que fosse alguém caçando coelhos, embora agora eu me lembre que o barulho foi bem próximo.

– E a senhorita entrou na casa por onde?

– Passei por esta janela francesa.

Ruth indicou com a cabeça uma janela atrás dela.

– Havia alguém aqui?

– Não. Mas Hugo, Susan e a srta. Lingard vieram do hall de entrada quase no mesmo momento. Eles estavam falando sobre o tiro, assassinatos e coisas assim.

– Entendo – disse Poirot. – Sim, acho que entendo agora...

O major Riddle disse com um tom bastante desconfiado:

– Bem, então... obrigado. Acho que é tudo por agora.

Ruth e o marido deixaram a sala.

– Mas que diabos... – começou o major Riddle, e prosseguiu um pouco desesperançado: – Fica cada vez mais difícil seguir as pistas do que aconteceu.

Poirot concordou com a cabeça. Ele apanhou o pedaço de barro que caiu do sapato de Ruth e estava pensativo.

– É como o espelho partido na parede – disse ele. – O espelho do homem morto. Cada fato novo que descobrimos nos mostra um ângulo diferente do morto, que se reflete de diferentes pontos de vista. Logo teremos o quadro completo...

Ele se levantou e depositou levemente o pedaço de barro no cesto de papel.

– E digo uma coisa, meu caro. A pista para todo o mistério é o espelho. Vá até o escritório e veja você mesmo, se não acredita em mim.

O major Riddle disse assertivamente:

– Se foi assassinato, é você quem deve provar. Se me perguntarem, direi com certeza que foi suicídio. Você percebeu o que a moça disse sobre um antigo agente que trapaceou sir Gervase? Aposto que Lake disse isso por interesse próprio. Talvez ele estivesse começando a fazer alguma coisa também, sir Gervase desconfiou e mandou lhe chamar porque não sabia que o relacionamento de Lake e Ruth já tinha tomado grandes proporções. Então, hoje à tarde, Lake disse para ele que os dois tinham se casado, o que destruiu Gervase. Era "tarde demais" para se fazer alguma coisa, e ele decidiu acabar com tudo. A cabeça dele, que já não era muito equilibrada, cedeu de vez. Na minha opinião, foi o que aconteceu. Ou você tem algo a dizer contra isso?

Poirot estava parado no meio da sala.

– O que eu tenho a dizer? Isto: não tenho nada contra sua teoria, mas ela não explica tudo. Há algumas coisas que você não levou em consideração.

– Como quais?

– As alterações de humor de sir Gervase ao longo do dia, a descoberta da lapiseira do coronel Bury, a evidência da srta. Cardwell, que é muito importante, a evidência da srta. Lingard quanto à ordem de chegada das pessoas para o jantar, a posição da cadeira de sir Gervase quando foi encontrado, o saco de papel usado para embrulhar laranjas e, por fim, a importantíssima pista do espelho quebrado.

O major Riddle olhou fixo para ele.

– Você está me dizendo que todas essas bobagens fazem *sentido*? – perguntou ele.

Hercule Poirot respondeu calmamente:

– Espero que façam sentido, sim... amanhã.

Capítulo 11

Hercule Poirot acordou na manhã seguinte pouco depois do amanhecer. Ele havia dormido em um quarto no lado leste da casa.

Ao se levantar da cama, ele abriu as cortinas, viu que o sol já havia nascido e que fazia uma linda manhã.

Começou a se vestir meticulosamente, como de costume. Fez sua higiene, vestiu um sobretudo pesado e enrolou um cachecol no pescoço.

Depois saiu do quarto na ponta dos pés e caminhou pela casa silenciosa, desceu as escadas e foi para a sala de estar. Abriu as janelas francesas sem fazer nenhum barulho e saiu para o jardim.

Já era possível ver o sol. O ar estava carregado pela névoa de uma manhã agradável. Hercule Poirot caminhou pela parte calçada ao redor da casa até chegar às janelas francesas do escritório de sir Gervase, onde parou e examinou a cena.

Exatamente de frente para as portas havia uma faixa de grama paralela à casa. Em frente à grama, um canteiro amplo, com plantas e flores. As margaridas continuavam dando um maravilhoso espetáculo. O caminho pavimentado onde Poirot estava ficava em frente ao canteiro, e no meio do canteiro passava uma faixa de grama que ia até o terraço. Poirot o examinou cuidadosamente, depois balançou a cabeça. Ele prestou atenção nos dois lados do canteiro que se estendiam a partir dessa faixa de grama.

Lentamente ele balançou a cabeça. Na parte direita do canteiro, havia pegadas bem marcadas no solo macio.

Enquanto olhava as pegadas, franzindo a testa, ele escutou um barulho e levantou a cabeça rapidamente.

Acima dele uma janela foi aberta, surgindo uma cabeça ruiva. Emoldurada nela ele viu o rosto inteligente de Susan Cardwell.

– Mas que diabos o senhor está fazendo a esta hora, monsieur Poirot? Investigando alguma coisa?

Poirot fez uma reverência com extremo decoro.

– Bom dia, mademoiselle. Sim, exatamente. A senhorita está olhando para um detetive... um grande detetive, eu diria, exercendo sua função.

A observação foi um pouco exagerada. Susan virou a cabeça.

– Devo guardar isso em minhas memórias – disse ela. – Precisa de ajuda?

– Ficaria encantado.

– Achei que era um assaltante. Como o senhor saiu?

– Pela sala de estar.

– Só um momento, já vou descer.

Ela chegou logo depois. Ao que tudo indica, Poirot estava exatamente no mesmo lugar de quando ela o viu lá de cima.

– A senhorita se levantou muito cedo, mademoiselle?

– Não dormi direito, na verdade. Estava começando a ter aquela sensação de desespero da insônia às cinco da manhã.

– Mas já não é tão cedo!

– Mas parece que sim! Então, superdetetive, o que está procurando?

– Veja só, mademoiselle, pegadas.

– Sim, estou vendo.

– Quatro pegadas – continuou Poirot. – Vou lhe mostrar, veja só. Duas na direção das janelas francesas do escritório, duas saindo dela.

– De quem são? Do jardineiro?

– Mademoiselle, mademoiselle! Essas pegadas foram feitas pelo mais fino sapato de salto de uma mulher. Veja, pode conferir. Pise aqui, por favor, na terra ao lado delas.

Susan hesitou um momento, depois colocou um dos pés cautelosamente no lugar indicado por Poirot. Ela usava um chinelo de salto alto feito de couro marrom-escuro.

– Veja, a sua é quase do mesmo tamanho. As outras foram feitas por um calçado um pouco maior que o seu. Talvez sejam da srta. Chevenix-Gore, da srta. Lingard, ou ainda de lady Chevenix-Gore.

– Não de lady Chevenix-Gore, os pés dela são pequenos. Na época dela as mulheres tinham pés menores. E a srta. Lingard usa sapatos esquisitos, de salto baixo.

– Então as marcas são da srta. Chevenix-Gore. É verdade, eu me lembro de ela ter dito que veio ao jardim ontem à noite.

Os dois seguiram ao redor da casa.

– Ainda estamos investigando? – perguntou Susan.

– É claro. Agora iremos até o escritório de sir Gervase.

Susan Cardwell o seguiu.

A porta ainda estava pendurada, e o cômodo estava exatamente como fora deixado na noite anterior. Poirot empurrou as cortinas e admirou a luz do dia.

Ele ficou parado olhando para o canteiro durante alguns instantes, depois disse:

– Suponho que mademoiselle não tenha muito conhecimento a respeito de ladrões.

Susan Cardwell balançou a cabeça lamentando-se.

– Infelizmente não, monsieur Poirot.

– O delegado também não teve as vantagens de uma relação amigável com eles. A relação dele com os criminosos sempre foi estritamente oficial. Comigo aconteceu diferente... uma vez tive uma prazerosa conversa com um ladrão. Ele me disse uma coisa interessante sobre essas janelas francesas, um truque que poderia ser feito se os trincos não estivessem tão presos.

Ele girou a maçaneta da janela esquerda enquanto falava, a lingueta da fechadura saiu do buraco no chão e ele conseguiu abrir as duas folhas da janela para dentro. Depois de abri-las por completo, ele as fechou novamente sem mexer na maçaneta, de modo que a lingueta não se encaixasse de novo no chão. Depois tirou as mãos, esperou um momento e deu um murro rápido no meio da janela. Com a vibração, a lingueta entrou no chão e a maçaneta girou sozinha.

– Viu isso, mademoiselle?

– Acho que sim.

Susan ficou um pouco pálida.

– Agora a janela está fechada. É impossível *entrar* quando ela está fechada, mas é possível *sair*, puxar a janela do lado de fora e batê-la como eu fiz para que feche sozinha. Qualquer um que olhe para esta janela dirá que ela foi fechada *por dentro*.

– Foi isso que... – a voz de Susan estava um pouco trêmula. – Então foi isso que aconteceu ontem à noite?

– Acho que sim, mademoiselle.

Susan disse, impetuosa:

– Não acredito em nada disso.

Poirot não respondeu. Ele caminhou ao redor da lareira, depois se virou de repente para ela.

– Mademoiselle, preciso do seu testemunho. Já tenho uma testemunha, o sr. Trent. Ontem ele viu que encontrei este pequeno estilhaço de espelho, pois falei com ele. Deixei onde estava para que a polícia também visse. Cheguei a dizer para o delegado que o espelho quebrado era uma pista valiosa, mas ele não se convenceu. Agora a senhorita é testemunha de que coloquei esse pedaço de espelho, para o qual, lembre-se bem, eu já havia chamado a atenção do sr. Trent, dentro deste envelope, assim. – E mostrou a ação para ela enquanto falava. – E também que escrevi no envelope, assim, e o fechei. Viu isso, mademoiselle?

– Sim, mas... não entendo o que isso significa.

Poirot caminhou até o outro lado do escritório. Parou em frente à escrivaninha e olhou para o espelho estilhaçado diante dele.

– Direi o que significa, mademoiselle. Se estivesse aqui ontem à noite, olhando para o espelho, conseguiria ver nele *um assassinato sendo cometido*...

Capítulo 12

I

Pela primeira vez na vida, Ruth Chevenix-Gore, agora Ruth Lake, desceu para o café da manhã dentro do horário. Hercule Poirot estava no hall de entrada e a chamou em particular antes que ela entrasse para o café.

– Preciso lhe perguntar uma coisa, madame.

– Sim.

– A senhora esteve no jardim ontem à noite. Em algum momento a senhora pisou no canteiro de flores do lado de fora do escritório de sir Gervase?

Ruth olhou para ele.

– Sim, duas vezes.

– Ah! *Duas*. Como assim, duas?

– Na primeira, eu estava colhendo margaridas, mais ou menos às sete horas.

– E não era uma hora estranha para colher flores?

– Sim, na verdade, sim. Eu colhi algumas ontem de manhã, mas, depois do chá, Vanda me disse que as flores da sala de jantar não estavam muito boas. Eu achei que estavam boas, por isso não as troquei.

– Mas sua mãe pediu que colhesse flores novas?

– Sim, por isso fui lá fora antes das sete. Colhi as flores naquela parte do canteiro porque quase ninguém vai até lá, então não faria tanta falta no visual.

– Sim, mas e a *segunda* vez? A senhora disse que havia ido lá *duas* vezes.

– Foi pouco antes do jantar. Deixei cair um pouco de creme de cabelo no meu vestido, bem aqui no ombro. Não quis trocá-lo, e nenhuma das minhas flores artificiais combinavam com o amarelo da roupa. Lembrei de ter visto uma rosa enquanto apanhava as margaridas, então fui correndo até lá pegá-la para colocar no meu ombro.

Poirot concordou lentamente com a cabeça.

– Sim, eu me lembro de ter visto uma rosa no seu ombro. A que horas pegou a rosa, madame?

– Eu realmente não sei.

– Mas é *fundamental*, madame. Por favor, pense um pouco.

Ruth franziu a testa. Ela olhou rapidamente para Poirot, depois desviou o olhar.

– Não me lembro com exatidão – disse ela. – Deve ter sido... ah, é claro, deve ter sido às oito e cinco. Quando estava voltando para dentro de casa, eu escutei o gongo, e depois aquele estouro esquisito. Eu corri porque pensei que era o segundo gongo, e não o primeiro.

– Ah, então a senhora pensou isso, e não tentou entrar pela janela do escritório no jardim?

– Na verdade, tentei. Se estivesse aberta, seria muito mais rápido. Mas estava fechada.

Ela olhou para ele.

– E o que isso quer dizer?

– Quer dizer que a senhora tem uma explicação pra tudo, para o barro no sapato, para as pegadas no canteiro de flores, para as pegadas do lado de fora da janela. É tudo muito simples.

Antes que Ruth pudesse responder, a srta. Lingard desceu as escadas correndo. As bochechas dela estavam um pouco ruborizadas, e ela pareceu surpresa ao ver Poirot e Ruth juntos.

– Desculpem-me. Há algum problema? – disse ela.

Ruth disse, nervosa:

– Acho que monsieur Poirot ficou maluco.

Ela passou por eles e entrou na sala de jantar. A srta. Lingard olhou espantada para Poirot.

Ele balançou a cabeça.

– Explicarei tudo depois do café – disse ele. – Gostaria que todos se reunissem no escritório de sir Gervase às dez horas.

Ele entrou na sala de jantar e repetiu o pedido.

Susan Cardwell olhou para ele de soslaio, depois voltou os olhos para Ruth. Quando Hugo perguntou o que estava acontecendo, ela deu uma cutucada rápida em seu braço e ele se calou obediente.

Quando terminou de tomar café, Poirot se levantou e foi até a porta. Depois se virou e pegou um velho relógio de bolso.

– São 9h55. Daqui a cinco minutos, no escritório.

II

Poirot olhou ao redor. Em círculo, as pessoas olhavam para ele, interessadas. Ele percebeu que todos estavam lá, exceto uma pessoa, que chegou logo em seguida. Lady Chevenix-Gore entrou no escritório com um andar leve e deslizante. Ela parecia exausta e indisposta.

Poirot estendeu uma cadeira para que ela se sentasse.

Ela olhou para o espelho quebrado, estremeceu e virou a cadeira para o outro lado.

– Gervase ainda está aqui – observou ela com um tom bem trivial. – Pobre Gervase, logo estará livre.

Poirot limpou a garganta e começou a falar:

– Pedi que todos viessem aqui para que ouvissem os verdadeiros fatos sobre o suicídio de sir Gervase.

– Foi o destino – disse lady Chevenix-Gore. – Gervase era forte, mas seu destino foi ainda mais forte.

O coronel Bury deu um passo adiante.

– Vanda, minha querida.

Ela sorriu e lhe estendeu a mão. Ele pegou a mão dela, e ela disse calmamente:

– Você me conforta muito, Ned.

Ruth disse categoricamente:

– Devemos entender, monsieur Poirot, que saberemos a causa definitiva do suicídio de meu pai?

Poirot balançou a cabeça.

– Não, madame.

– Então para que essa conversa toda?

Poirot disse com calma:

– Eu não sei a causa do suicídio de sir Gervase *porque ele não cometeu suicídio.* Ele não se matou, *mas foi assassinado.*

– Assassinado? – Diversas vozes ecoaram no local, e todos olharam assustados para Poirot.

Lady Chevenix-Gore levantou o rosto e disse:

– Assassinado? Ah, não! – depois balançou a cabeça levemente.

– Assassinado, foi isso mesmo que disse? – A voz agora era de Hugo. – Impossível. Não havia ninguém aqui quando entramos. A janela estava fechada, a porta, trancada por dentro, e a chave estava no bolso do meu tio. Como ele pode ter sido assassinado?

– No entanto, ele foi assassinado.

– E o assassino fugiu pelo buraco da fechadura, então? – disse o coronel Bury sem acreditar. – Ou subiu pela chaminé?

– O assassino saiu por esta janela, eu mostrarei como – disse Poirot.

Ele repetiu o que havia feito mais cedo.

– Viram? – disse ele. – Foi assim que ele escapou! Desde o início eu suspeitei que sir Gervase não havia se matado. Ele era extremamente egocêntrico, e um homem assim não se mata.

"E havia outras coisas! Aparentemente antes de morrer, sir Gervase se sentou à escrivaninha, escreveu as palavras SINTO MUITO numa folha de papel e se matou. Mas antes disso, por alguma razão, ele mudou a posição da cadeira, colocando-a de lado. Por quê? Tinha de haver um motivo. Comecei a entender quando encontrei um pedaço de espelho grudado em uma das estatuetas de bronze...

"A partir disso, perguntei a mim mesmo o motivo de esse pedaço estar grudado na estatueta. Foi quando concluí que o espelhou não se partiu com a bala, *mas com uma pesada estatueta de bronze.* O espelho foi quebrado *de propósito.*

"Mas por quê? Voltei até a mesa e olhei embaixo da cadeira. Então entendi que estava tudo errado, um suicida não viraria a cadeira de lado, inclinaria o corpo para a beirada e depois atiraria. Tudo foi arranjado, e o suicídio era uma fraude!

"E então chego a uma coisa muito importante, a evidência dada pela srta. Cardwell. Ela disse que desceu as escadas correndo ontem à noite porque pensou ter escutado o *segundo* gongo. Quer dizer, ela achou que já tinha ouvido o *primeiro.*

"Agora, vejam bem, *se* sir Gervase estivesse sentado normalmente quando levou o tiro, para onde teria ido a bala? Em linha reta, passaria pela porta, se estivesse aberta, e acertaria *o gongo!*

"Entendem a importância do depoimento da srta. Cardwell? Ninguém escutou o primeiro gongo, mas o quarto dela fica exatamente em cima do escritório, seria uma posição privilegiada para ouvir o barulho, um som composto de uma única nota, lembrem-se disso.

"Não poderia haver dúvidas de que sir Gervase havia se matado. Um morto não pode se levantar, trancar a porta e se colocar em uma posição conveniente! Mais alguém estava envolvido, e por isso foi assassinato, e não suicídio. Alguém cuja presença sir Gervase aceitava normalmente, e que estava ao lado dele, falando com ele. Talvez sir Gervase estivesse ocupado escrevendo. O assassino coloca a arma na têmpora direita dele, atira e pronto! Está feito! Agora, é preciso agir, e rápido. O assassino coloca luvas, fecha a porta e coloca a chave no bolso de sir Gervase. Mas suponhamos que o som do gongo fosse ouvido? Seria fácil perceber que a porta estava *aberta*, e não *fechada* no momento do tiro. Então o assassino vira a cadeira, muda a posição do corpo, marca a arma com as impressões digitais do morto e quebra o espelho de propósito. Depois sai pela janela, bate para trancá-la, pisa não na grama, mas no canteiro onde as pegadas poderiam ser eliminadas posteriormente... em seguida passa pelo lado da casa e entra na sala de estar."

Ele fez uma pausa e continuou:

– *Só havia uma pessoa no jardim quando o tiro foi dado.* A mesma pessoa deixou pegadas no canteiro e impressões digitais do lado de fora da janela.

Ele se virou para Ruth.

– E então havia um motivo, não é mesmo? Seu pai soube do casamento secreto e estava se preparando para deserdá-la.

– É mentira! – disse Ruth com clareza e desprezo. – Não há uma só palavra verdadeira na sua história, é uma mentira do início ao fim!

– As provas contra a senhora são muito fortes, madame. Um júri *talvez* acredite na sua versão, mas *eu não*!

– Ela não irá a julgamento.

Os outros se viraram, surpresos. A srta. Lingard estava de pé, seu rosto estava alterado. Ela tremia da cabeça aos pés.

– *Eu* o matei, eu confesso! E tive minhas razões, estava esperando para fazer isso. Monsieur Poirot está certo. Eu o segui até aqui, e tinha pegado a arma mais cedo na gaveta. Parei atrás dele falando sobre o livro e atirei. Foi logo depois das oito horas. A bala bateu no gongo, jamais imaginei que atravessaria a cabeça dele desse jeito. Não dava tempo de ir lá fora procurar a bala. Fechei a porta e coloquei a chave no bolso dele. Virei a cadeira, quebrei o espelho, escrevi "sinto muito" no papel, saí pela janela e a fechei exatamente como monsieur Poirot mostrou. Pisei no canteiro, mas apaguei as pegadas com um ancinho que já havia deixado lá. Então dei a volta até a sala de estar. Eu já havia deixado a janela aberta, mas não sabia que Ruth tinha saído por ela. Ela deve ter passado pela frente da casa, enquanto eu passava por trás, porque precisava colocar o ancinho no depósito. Depois esperei na sala de estar até ouvir alguém descendo as escadas, Snell indo até o gongo, e depois...

Ela olhou para Poirot.

– O senhor não sabe o que fiz depois?

– Ah, sim, eu sei. Encontrei o saco de papel na cesta de lixo. Foi uma ideia muito inteligente, você fez o que as crianças adoram fazer. Encheu o saco de ar e o estourou, provocando um barulho bem apropriado. Jogou o saco de papel na lixeira e correu para o hall de entrada. A senhorita estabeleceu a hora do suicídio, e um álibi para si mesma. Mas ainda havia outra coisa que lhe preocupava: não houve tempo de pegar a bala. Devia estar em algum lugar perto do gongo. Era fundamental que a bala fosse encontrada no escritório, perto do espelho. Só não sei quando a senhorita teve a ideia de pegar a lapiseira do coronel Bury...

– Foi logo depois – disse a srta. Lingard. – Quando todos saímos do hall de entrada. Fiquei surpresa ao ver Ruth na sala, e percebi que ela deveria ter vindo do jardim e passado pela janela. Então avistei a lapiseira do coronel sobre a mesa de bridge e coloquei-a na bolsa. Se depois alguém me visse pegando a bala, eu poderia fingir que era a lapiseira. Na verdade, não achei que alguém tivesse me visto pegando a bala, que joguei perto do espelho enquanto vocês olhavam o corpo. Quando tocou no assunto, fiquei contente por ter pensado na lapiseira.

– Sim, foi bem inteligente. Eu fiquei totalmente confuso.

– Fiquei com medo de alguém ter ouvido o tiro verdadeiro, mas sabia que todos estavam se vestindo para o jantar, trancados nos quartos. Os empregados estavam em seus cômodos. A srta. Cardwell seria a única que poderia ouvir, mas provavelmente pensaria ser o barulho de um carro. Eu achei que... achei que tinha feito tudo direito.

O sr. Forbes disse devagar e de maneira precisa:

– É uma história extraordinária. Parece não haver motivos...

A srta. Lingard disse:

– Eu *tinha* um motivo... – E acrescentou furiosa: – Vamos lá, chamem a polícia! O que estão esperando?

Poirot disse tranquilamente:

– Por favor, vocês poderiam sair do escritório? Sr. Forbes, ligue para o major Riddle. Ficarei aqui até ele chegar.

Lentamente todos foram saindo, um por um. Confusos, chocados, sem entender nada, eles dirigiram olhares embaraçados para a figura bem-vestida, que se mantinha de pé, com cabelos grisalhos perfeitamente repartidos.

Ruth foi a última a sair. Ela parou, hesitante, perto da porta.

– Não consigo entender. – Depois falou com raiva e revolta, acusando Poirot: – E agora mesmo o senhor pensou que *eu* tinha feito isso.

– Não, não – disse Poirot balançando a cabeça. – Não, eu jamais pensaria isso.

Ruth saiu devagar.

Poirot ficou sozinho com a mulher presunçosa e de meia-idade que acabara de confessar um assassinato a sangue frio, cuidadosamente planejado.

– Não, você não achou que ela era a assassina – disse a srta. Lingard. – Ela foi acusada para que *eu* confessasse. Foi isso, não foi?

Poirot inclinou a cabeça.

– Enquanto esperamos – disse ela em tom coloquial –, diga-me o que o levou a suspeitar *de mim*.

– Várias coisas. Pra começar, o seu relato de sir Gervase. Um homem orgulhoso como ele jamais caluniaria o sobrinho para uma estranha, principalmente na sua posição. A senhorita queria fortalecer a hipótese do suicídio, e também sugeriu que o motivo do suicídio fosse algum problema de desonra ligado a Hugo Trent. Essa também seria outra coisa que sir Gervase jamais admitiria para uma estranha. Depois o objeto que apanhou no hall de entrada e o fato importante de não ter mencionado que Ruth havia entrado na sala de estar vindo *do jardim*. Então encontrei o saco de papel, um objeto bastante improvável de se encontrar no cesto de lixo do hall de uma casa como Hamborough Close! A senhorita era a única pessoa na sala de estar quando se ouviu o "tiro". O truque do saco de papel seria típico de uma mulher, um truque ingênuo e caseiro. Então tudo se encaixou. O seu esforço em levantar suspeitas de Hugo e não de Ruth. O mecanismo do crime... e o motivo.

A mulher grisalha estremeceu.

– O senhor sabe o motivo?

– Acho que sim. A felicidade de Ruth, este era o motivo! Imagino que a senhorita a tenha visto com John Lake e sabia do que acontecia entre os dois. Então, por causa do seu fácil acesso aos papéis de sir Gervase, deparou-se com o rascunho do novo testamento e com o fato de que Ruth seria deserdada se não se casasse com Hugo Trent. Isso a levou a fazer justiça com as próprias mãos, usando o fato de sir Gervase ter escrito para mim. É provável que tenha visto uma cópia da carta. Não sei qual foi o sentimento de suspeita e medo que o levou a me escrever. Talvez ele tenha procurado um detetive particular porque achou que estava sendo enganado por Burrows ou Lake, ou porque não tinha certeza quanto aos sentimentos de Ruth. E a senhorita usou o fato e preparou a cena de suicídio, amparada pelo relato de que ele estava irritado por conta de alguns problemas ligados a Hugo Trent. E foi a senhorita quem me mandou o telegrama e depois disse ter ouvido sir Gervase dizer que era "tarde demais".

A srta. Lingard disse de modo furioso:

– Gervase Chevenix-Gore era um brutamontes, um esnobe, um arrogante! Eu jamais deixaria que ele arruinasse a felicidade de Ruth.

Poirot perguntou com polidez:

– Ruth é sua filha?

– Sim, ela é minha filha. De vez em quando, eu pensava nela. Quando ouvi que sir Gervase Chevenix-Gore precisava de alguém para ajudá-lo com as pesquisas da história da família, agarrei a oportunidade. Eu estava curiosa para ver... minha menina. Sabia que lady Chevenix-Gore não me reconheceria. Nós nos vimos há muitos anos, eu era jovem e bonita, e depois daquilo mudei meu nome. Além disso, lady Chevenix-Gore é muito aérea para se lembrar das coisas corretamente. Eu gostava dela, mas odiava a família Chevenix-Gore. Eles me tratavam como lixo. E eis que agora Gervase arruinaria a vida de Ruth por orgulho e vaidade. Então concluí que ela deveria ser feliz. E ela *será* feliz *se nunca souber sobre mim*!

Foi um apelo, e não um pedido.

Poirot assentiu gentilmente.

– Eu não direi a ninguém.

A srta. Lingard disse com serenidade:

– Obrigada.

III

Mais tarde, depois que a polícia já havia ido embora, Poirot encontrou Ruth Lake com o marido no jardim.

Ela perguntou em tom provocador:

– O senhor pensou mesmo que eu era a assassina, monsieur Poirot?

– Eu sabia, madame, que *não* podia ser a senhora por causa das margaridas.

– As margaridas? Não entendi...

– Madame, havia somente quatro pegadas, e *somente* no canteiro. Mas, se a senhora havia apanhado flores, deveria haver muito mais. Isso significa que, entre a sua primeira e segunda ida ao canteiro, *alguém havia apagado todas as pegadas*. E isso só poderia ser feito pela pessoa culpada, e como as suas pegadas *não foram* removidas, a culpada *não era* a senhora. Tudo se esclareceu automaticamente.

O rosto de Ruth se iluminou.

– Ah, entendo. Sabe, acho tudo isso muito apavorante, mas eu sinto muito por aquela pobre mulher. Afinal de contas, ela confessou em vez de deixar que eu fosse presa, ou pelo menos foi isto que ela pensou. A atitude dela foi... foi bem nobre, de certa forma. Odeio pensar que ela será julgada por assassinato.

Poirot a tranquilizou:

– Não se preocupe. Ela não será julgada. O médico me disse que ela tem sérios problemas cardíacos. Não viverá muito tempo.

– Fico contente por ouvir isso. – Ruth pegou uma flor e a encostou distraída no rosto.

– Pobre mulher... Fico me perguntando por que fez isso...

IMPRESSÃO:

PALLOTTI
GRÁFICA

Santa Maria - RS | Fone: (55) 3220.4500
www.graficapallotti.com.br